冷酷な公爵様は
名無しのお飾り妻がお気に入り
～悪女な姉の身代わりで
結婚したはずが、気がつくと
溺愛されていました～
里海 慧
ill.なおやみか

悪名高い人嫌い公爵
シルヴァンス
若くして爵位を継ぎ優秀さを
発揮してきたが、
あることから悪い噂が広がる。
それ故、誰も嫁ぎたがらなくなった。
前向きな虐げられ令嬢
リリーベル
双子の妹として生まれたことで、
親から名前も付けられず
奴隷扱いを受ける。
「リリーベル」は彼から名付けられる。
「はあああぁ！ こんな素晴らしい食べ物があったなんて！」
「気に入ったなら、好きなだけ食べろ」

気さくな王太子
セドリック
シルヴァンスの従兄弟で親友。
昔からシルヴァンスを
揶揄うのが趣味の一つ。
リリーベルの侍女
エレン
初めはリリーベルを
警戒していたが、
その無邪気さに
忠誠心を誓うようになる。
意地悪な侯爵令嬢
アリッサ
リリーベルの双子の姉。
両親からの愛情を
一身に受けたため
自由奔放に育つ。

CONTENTS

Reikoku na koshakusama ha nanashi no okazarizuma ga okiniiri

冷酷な公爵様は名無しのお飾り妻がお気に入り

～悪女な姉の身代わりで結婚したはずが、気がつくと溺愛されていました～

里海 慧

ill.なおやみか

プロローグ

「君が身代わりだと、この僕が見破れないとでも思ったのか？」

シルヴァンス・マードリック公爵は、冷え冷えとした視線を『名無し』と呼ばれる令嬢に向け、長い足を優雅に組んでいる。名無しがこんなに冷酷な表情のシルヴァンスを見るのは初めてだ。

静かに怒《いか》るシルヴァンスがあまりに恐ろしく、名無しは慌ててソファーから下りて土下座する。

「シルヴァンス様、た、大変申し訳ございません……！」

「僕たちが交わした契約は無効だな」

名無しとシルヴァンスはすでに契約結婚をしていた。だが、それはあくまでも彼女の姉であるアリッサ・フレミングの名前で交わしたものだから、シルヴァンスの言うことはもっともだ。

シルヴァンスが妻にしたと思っていた相手は身代わりで、サインもなにもかも偽物なのだから婚姻も契約も成立していない。

(あああああ！　旦那様から、あれだけ隠し通すように言われてきたのに、あっさり身代わりだとばれてしまいました……！　どうしましょう――!?)

わずか一カ月ほどで最大の秘密を暴かれ、名無しはサーッと血の気が引いた。

指の先はすでに温度を感じないほど冷えきっていて、全身からだらだらと冷や汗が流れ落ちる。

「今後どのような生活が待っていても、自業自得だ」

「はい、シルヴァンス様のおっしゃる通りでございます」

名無しは素直に認め、ただただ許しを乞うしかないと考えた。なにも持たない名無しが他にできることはない。カーペットに額をこすりつけていると、向かいのソファーからシルヴァンスが立ち上がり一歩、また一歩と名無しへ近付いてくる。

「……王命を欺き、僕を騙《だま》した罪は重い。覚悟はいいか？」

一段と低くなったシルヴァンスの声に、名無しはビクッと身体を震わせた。頭を下げているからシルヴァンスの表情は見えないけれど、その声音だけで腹に据えかねているのがよくわかる。

しかも、世間では冷酷で人間の心がないマッドサイエンティストと呼ばれているシルヴァンスだ。そんな男が心底怒っているなら、名無しは決して無事では済まないだろう。

「……はい」

こうなったらどんな処罰でも受け入れようと覚悟を決める。名無しは神妙な面持ちでゆっくりと姿勢を戻し、目の前までやってきたシルヴァンスに視線を向けた。

シルヴァンスはいつもと変わらず麗しい。サラサラの銀糸のような髪にエメラルドを思わせる透き通った瞳、すっと通った鼻筋に適度な厚みのある唇からは色気さえ感じる。

前公爵夫妻が事故で亡くなり、若くして公爵家を継いだ天才的頭脳を持つシルヴァンスは、これまで科学者として研究を重ね数々の功績を残してきた。国王の甥《おい》であることを除いても、この国にとって重要な存在であることは間違いない。

そんな夫を騙していたのだから、重罪に問われるのも当然のことだ。

（たとえ身代わりだったとしても、わずかな間、私のような者がこのマードリック公爵家で何不自由なく暮らせたのは人生最後の幸運でした……）

シルヴァンスの言葉を待ちながら、ここが人生の終着地点だったのかと名無しはあきらめの境地に達する。

そんな名無しにシルヴァンスは数枚の書類を差し出した。

「では、改めてこちらの書類にサインをしてもらおう」

「はい……承知いたしました」

どんな罰を受けるのかと、名無しは書類を恐る恐る読んでいく。しかし、その書類はどう見てもこの場にふさわしくないものだ。

「え、あの、これは婚姻宣誓書です。正しい書類をお願いいたします」

初日にアリッサの名前でサインしたものと同様の婚姻宣誓書と、結婚についての契約書が渡されたのでシルヴァンスに訴える。こんな場面で間違えるなんて、名無しが身代わりだと知ってよほど衝撃を受けたのだと申し訳なく思った。

「それで間違いない。君の名前でサインしろ」

プロローグ

「あの、私はシルヴァンス様を騙した罰を受けるのではないですか?」

「公爵家当主の僕と結婚して、役目を果たしてくれれば問題ない」

名無しは、最初に契約結婚を持ちかけられた時のことを思い浮かべる。

『二年間、白い結婚を続けてくれたら、君は罪を償ったものとして離縁する。もちろん、その後の生活も保障しよう』

シルヴァンスは確かにそう言っていた。

(それに、シルヴァンス様は王命に迷惑しているともおっしゃっていました……)

ということは、シルヴァンスにしてみたらアリッサだろうが名無しだろうが、とにかく妻を娶《めと》って子供が作れなかったと言い訳できればよいのだ。それなら、すでに了承を得ている相手と契約を結び直せば確実で無駄がない。

「なるほど……! 承知いたしました! シルヴァンス様を騙したことをお許しいただけるなら、私のできることはなんでもいたします!!」

「なんでも……?」

「はい、なんでもです! 掃除洗濯、調理の下ごしらえは得意ですし、人体実験が必要な時は……いえ、むしろその際にはぜひ私をお使いください! ご不安であれば、契約書にも記載してください!」

名無しはここまでよくしてくれたシルヴァンスに誠意を見せたくて、書類に残してくれと提案した。

「ジェイド、なんでもすると言ったことを盛り込んでおけ」

「シルヴァンス様……よろしいのですか？」

「本人が言うのだから問題ないだろう」

「……承知いたしました」

シルヴァンスの右腕であるジェイドからは不憫《ふびん》だと言わんばかりの視線を向けられたが、名無しにしてみたらここは天国だからなんの問題もない。たとえ目が見えなくなったり四肢が欠損したりするような実験でも、それで罪滅ぼしができるなら安いものだと思う。五体満足な方がいいけれど、生きていけるなら多少の不便は仕方ないと腹を括《くく》った。

シルヴァンスに促されソファーへ座り直し、いざ署名しようとしたところで名無しの手が止まる。

「どうした？　やはりサインしたくないのか？」

「いえ……どうしましょう。私、名前がないのです。なんとサインしたらよいでしょうか？」

これは名もなき令嬢が幸せを掴《つか》み、マッドサイエンティストと噂《うわさ》される公爵の深い愛にからめとられる物語――。

第一章　嫁ぎ先はマッドサイエンティストな公爵様

フレミング侯爵家の次女として、ひとりの令嬢がこの世に生を受けた。

彼女の不運は、母親が双子を身籠った時から始まる。

当主であるモーゼスとその妻ベリンダは社交界でも噂になるほどのおしどり夫婦だ。モーゼスは黒髪に鋭い金色の瞳が印象的な美丈夫、ベリンダは海のような碧眼《へきがん》に真紅の髪が美しい大輪の花のような淑女で、見目麗しい夫妻としても貴族たちの視線を集めている。

両親は待望の子を授かり誕生を楽しみにしていたが、お腹が膨らみはじめた頃の診察で医師から告げられた言葉にひどく驚いた。

「そんな！　まさか、もうひとりいるだと……!?」

「嫌よ、双子なんて産みたくないわ！」

医師は初めての妊娠で不安になっているのかと、ベリンダに優しく声をかける。

「確かに双子の出産はリスクが高まりますが、私も万全を尽くしますので、どうかご安心ください」

「だが双子なんて産んだらフレミング家に不幸が訪れてしまうのではないか！」

「あなた、わたくしはどうしたらいいの……？」

しかしフレミング夫妻は深刻な表情のまま、青い顔で俯《うつむ》いてしまった。双子についてあまりにも恐れている様子を見て、医師は誤解を解こうと口を開く。

「双子を産んだら不幸が訪れるなど、聞いたことはありませんが……」

「少し黙っていてくれ！　これはフレミング家の問題なのだ！」

なぜかわからないが、フレミング家は双子がよく生まれる家系だった。

双子が生まれるたびに、投資に失敗したり、災害が起こったり、経営が逼迫《ひっぱく》したりしたので、やがて双子は不吉の前兆だと思われるようになったのだ。ベリンダは嫁いだ時にそう教えられ、モーゼスと同じく双子に対して負の感情を抱いている。

二番目に生まれ落ちた赤子は不幸を呼ぶ存在だと忌み嫌われ、その時の当主たちは後から生まれてきた赤子を売り飛ばしたり、森へ捨てたり、屋敷で奴隷のように扱ってきたりした。

さらに、双子の出産は母体の負担が大きく、出産時の危険度も跳ね上がる。そのため出産で命を落とす母親が相次いだ。原因はさまざまだったが、それもすべて後から生まれてくる赤子のせいだとフレミング家の当主たちは考えた。

いずれにしても、双子の二番目として生まれた子は、まともな生活とはほど遠い暮らしを送ることになる。

「下の赤子はいずれ奴隷にするとして、それまでは屋敷の離れに隠しておくか……」

最近では人身売買や捨て子に対して国から厳しい調査が入るため、モーゼスには双子の二番目を奴隷にするしか選択肢がない。

ベリンダが騒ぎ立てたことで双子を身籠ったと使用人たちに知られたので、モーゼスは魔法を使った契約を結び、決して口外できないようにした。

こういった契約事に魔法を使うのは貴族の特権でもあり、重要な契約の際にはよく用いられている。他にも炎や氷、風や雷などの魔法があり、極一部の貴族は強大な魔力を保有していた。

やがてベリンダが元気な双子の女児を出産したのは、春が終わる頃だ。

「おお！　なんとかわいらしい娘だ！　ベリンダの真紅の髪と私の琥珀《こはく》の瞳を持った美女になるぞ！」

「ふふっ、名前はどうしましょうか？」

「ずっと考えていたのだが、美の女神アリーネにちなんでアリッサはどうだ？」

「まあ、素敵！　アリッサ、あなたが生まれてくれてとっても嬉《うれ》しいわ」

モーゼスとベリンダは、長女だけを腕に抱き名前を付ける。もうひとり産んだ赤子のことは、最初からなかったかのように振る舞っていた。

次女は生まれてすぐに事前に雇われた乳母に任され、両親に抱いてもらうことすらない。それを見かねた乳母のソニアと医師がフレミング夫妻に声をかけた。

「お嬢様はすやすや眠っておいでです。旦那様、どうかお顔だけでもご覧いただけませんか？」

「フレミング侯爵様、こちらのお嬢様は――」

乳母の言葉でピクリと身体を震わせ、医師の言葉でモーゼスは爆発したように怒りを露わにした。

「それはフレミング家の娘ではない！　今後、いっさいの世話をソニアに任せるという契約だ。

さっさと離れに連れていけ！」

　モーゼスは生まれたばかりの次女を冷酷に切り捨てる。医師とソニアは双子に対する態度の違いに憤慨し、心の中は悲しみであふれた。

「フレミング侯爵様、どうか話を聞いてください！　古文書から医学書まであらゆるものを調べましたが、双子だからといって災いが訪れるなど、どの文献にもありませんでした。この子もおふたりの大切なお嬢様であることに変わりないのです」

「旦那様、せめて名付けを……この子にはまだ名がありません！」

　医師とソニアは懸命に訴えるが、激昂《げっこう》したモーゼスが一喝する。

「黙れ！　なにもわからないくせに口出しするな！　その赤子は奴隷なのだから名前など必要ない！　『名無し』とでも呼んでおけ！　口答えするばかりで役に立たない奴らは、さっさとこの部屋から出ていけ‼」

　こうして医師やソニアの言葉はいっさい聞き入れられず、彼女は名付けもされないまま屋敷で過ごすことになる。

　名無しは身の回りのことがひとりでこなせるようになるまで離れに隔離された。

　ここまでは恵まれなかったが、彼女の世話をするために雇われたのがソニアで幸運だった。ソニアは生まれてすぐの我が子を亡くしており、名無しを実の娘のようにかわいがったのだ。

　与えられたわずかな予算の中で赤子の着る物からミルク代まで出せと命じられて、ソニアは毎月、自腹で衣装や食事を用意している。

貴族令嬢の衣装は価格が高く、薄給のソニアは切り詰めながら生活するのがやっとだ。

それに成長期の名無しのために、まともに用意されない食事を充実させることを優先している。できることなら姉のアリッサと同じようにクッキーやケーキを名無しに食べさせてあげたいが、ソニアにはそこまでの余裕がない。

それでも足りない時は、自慢だった長い黒髪を切って売り、名無しがなるべく不自由しないようにお金の工面もしたのだ。

日々成長していく幼子に愛情を注ぎ育てた結果、よく笑いなんにでも興味を示すかわいらしい女の子に成長した。

好奇心旺盛な名無しは、突飛な行動も多かったのでソニアは気が抜けなかったが、ふたりは穏やかな時間を過ごしている。

その一方で、フレミング夫妻の態度から名無しの未来を案じたソニアは、どんな苦境でも挫けないように彼女を育てようと決心した。両親と姉の存在を伝えるか迷ったが、後で真実を知るよりはと四歳になった名無しに事実を伝える。

「お嬢様にはご両親と双子の姉妹がいらっしゃいます」

「ごりょうしんってなに？　ふたごのしまい？」

「はい、お嬢様の命をこの世に授けてくれたお方がご両親で、一般的には男性をお父様、女性をお母様と呼びます。双子とはお母様のお腹の中で一緒に育った子を言い、お嬢様のお姉様になります」

それがなんなのかと名無しは思った。今の生活に両親も姉もまったく関わりがない。関係のない人たちのことを説明するソニアの目的がわからなかった。

「世間ではそれを〝家族〟と呼びます。大抵は一緒に暮らすのですが、中にはさまざまな理由で離れている場合もあります」

「ふうん、そうなんだ……だから、わたしだけソニアといるの？」

たったこれだけの説明で理解した名無しにソニアは驚いたが、ショックを受けた様子がなくてホッとする。どんなに残酷な事実だったとしても、それが名無しの生きる世界なのだ。ソニアは言葉を慎重に選びながら説明を重ねた。

「はい。理由があってお嬢様はわたしと暮らしています。ですが、わたしが精一杯お世話しますので、どうか安心してくださいね」

「うん、ソニアはやさしいからだいすき！」

「まあ！　わたしもお嬢様が大好きですよ」

小さな腕で抱きつかれ、ソニアはまだ残酷な現実を知らない名無しにギュッと胸が締めつけられた。

それから一年経ち、名無しは五歳になった。

「どうしてソニアはいつもニコニコしてるの？」

「それはお嬢様と一緒にいて幸せだからです」

「でも、ほかのみんなは『ふきつ』だっていって、ちかくにこないよ」

名無しは自分に両親と双子の姉がいるのは知っていたが、会ったこともないのでいまいちピンときていない。

好奇心が強い名無しは両親や姉がどんな人たちなのか気になり、何度か本館に行こうとして、そのたびに使用人たちに止められ苦い顔をされる。その際に名無しの存在が不吉だと陰口を叩《たた》かれ、使用人はおろか本館で暮らす両親や双子の姉すら近寄ってこないことに気が付いた。

だから、ふたりきりで離れで暮らすソニアがいつも笑顔でいることを不思議に思う。

「わたしは幸せを探すのが得意なのです」

「しあわせってなに？」

「そうですね……心がウキウキしたり、ふわふわと温かくなったりすることでしょうか」

「どうしたらしあわせがみつかるの？」

コテンと首を傾げる名無しに、肩までの黒髪になったソニアは柔らかな笑みを浮かべた。これから彼女に訪れるであろう苦難に対し、できるだけ心が穏やかに、強《したた》かに過ごしていけるよう思いを込める。

「たとえば、昨日の夕食はいつもよりお肉がたくさん入っていてご馳走《ちそう》でした。お嬢様も笑顔になってわたしは幸せでした」

「そうなの？　ほかにはどんなのがある？」

「他にも、天気がいい日は洗濯物があっという間に乾いて幸せですし、お嬢様が笑顔で庭の花を見ているのも幸せだと感じます。反対に雨の日は洗濯をお休みして、お嬢様とたくさん遊べるので幸せです。毎日毎日、幸せはたくさんあります」

「そうなんだ……！」

「お嬢様、〝ない〟ことに目を向けるのではなく、〝ある〟ことに目を向けるのです」

どうかこの思いが小さな彼女に届きますように、そう祈りながらソニアは言葉に想いを乗せた。

（両親の愛を知らないこの子が、少しでも幸せでいられるように。どんな逆境でも挫けない強い心を持てますように）

まだ意味を理解できないのか、名無しは首を傾げて考え込んでいる。ソニアはこれから名無しに訪れる苦難を想像して悲しみに染まるが、小さな少女を不安にさせせまいとニッコリと笑った。

「そうしたらわたしのように幸せ探しの達人になれますよ」

最後に小さくウィンクして、幼い名無しの笑顔を引き出す。

「しあわせさがしのたつじんって、カッコいい……！」

キラキラと輝く金色の瞳は、確かにこの時未来への希望を灯した。

もっともっとたくさんのことを幼い彼女に伝えたい。一日でも長くそばにいて、彼女に愛を伝えたい、とソニアは心から願う。

「では、これからはお嬢様も幸せ探しの達人になれるよう、一緒に頑張りましょう」

「うん！　頑張る！」

弾けんばかりの笑みを浮かべる名無しを見て、ソニアはこぼれそうになる涙を呑《の》み込んだ。

ある日、ソニアが寝る前に読み聞かせた絵本をとても気に入り、彼女は何度も読んでほしいとせがんだ。「本当に絵本が好きなのですね」と笑いながら、ソニアは何度も何度も読み聞かせる。

そうしているうちに自力で文字を読めるようになって、王子様やお姫様の物語がお気に入りになった。

やがて絵本では物足りなくなり、離れにあった本を読み尽くした十歳の頃に本邸へ戻される。それと同時に乳母のソニアも解雇された。

「ソニア！　お願い、行かないで！」

「お嬢様……どうかわたしが教えたことを忘れないでください。幸せはどこにでもあるのです」

「でも、うう……ソニアが、いないと、ひっく、幸せ探せ、ないよ……ううぅっ」

ソニアは大粒の涙を流す名無しを最後にそっと抱きしめる。この十年間、ひたすら彼女の幸せを願ってきた。か細い肩を震わせる少女が、これからどんな環境に身を置くのかと考えたら苦しくてたまらない。ソニアの水色の瞳からこらえきれない涙があふれて、頬を伝っていく。

「お嬢様……できることなら、ずっとおそばにいたかった！　わたしが母親だったらと、何度考えたか……！　どんなに……どんなに離れていても、わたしはお嬢様の幸せを願っています」

子を亡くした時に離縁され、没落貴族となったソニアにはフレミング侯爵に抵抗する術がなく、他言無用の魔法誓約書によって他の機関に訴えることもできない。

安易に魔法の契約を結んだ自分を幾度呪ったことだろうか。

だが、肩を寄せ合いひっそりと生きてきたふたりにとって、この世界は無情で残酷だ。

いつまでも離れようとしないふたりは門番たちに力任せに引き剥がされる。

「そろそろ時間だ。解雇されたのだから、お前は屋敷から出ていけ！」

「待って、ソニア！　ソニアー！」

「お嬢様！　どうか忘れないでください！　幸せはたくさんあります！　どうか――！」

こうしてソニアはフレミング侯爵家から放り出され、名無しはひとりになった。

それから名無しは小さな窓があるだけの物置小屋を私室にあてがわれ、使用人が着るお仕着せを身にまとい暮らしは一変する。

「本館で暮らすにあたり決まりがある。決してこれらの項目を破らないように」

家令からそう言われ、名無しは数々の決まりが書かれた紙を渡された。

そこには朝は五時に起床し屋敷中を掃除すること、食事はフレミング家と使用人たちが食べた余り物のみ、夜は全員が寝静まってから休むこと、フレミング家の命令に逆らうことは許されないなど、使用人以下の奴隷なのだと徹底的に植えつけられた上、常に敬語で話せと書かれていた。

家令は万が一にも名無しが間違わないように釘《くぎ》を刺す。

「これらをしっかりと読んで頭に叩き込め。それから旦那様はもちろん、奥様やアリッサ様にも馴《な》れ馴《な》れしく口を利くなよ。いくら血の繋《つな》がりがあるとはいえ、お前は生まれた時から奴隷なのだ」

「ど、どうして血の繋がりがあるのに私は奴隷なの……ですか？」

　名無しが今まで読んできた本や新聞には家族とは血の繋がりがあって、同じ家に住み苦楽を共にするものだと書かれていた。当然、どうして自分だけがこんな扱いなのかと疑問を抱く。確かにこの屋敷で受け入れられていないと肌で感じていたが、明確な理由がわからない。

「双子がフレミング家にとって不吉なことだからだ。それはすべて双子の二番目として生まれてきた、お前のせいだからだよ」

「だからみんな『不吉』だと言っていたんだ……でも、私はなにも悪いことをしていません。ただ、ソニアと一緒に暮らしていただけです」

「お前が存在するだけで凶事を引き寄せるのだ。フレミング侯爵家の存続を願うなら、現実を受け入れろ」

　家令の氷のような言葉に名無しはようやく己の立場を理解した。好奇心旺盛で素直な気質の彼女は家令の言葉を真っ直ぐに受け止める。

（そうだったんだ……私が存在するだけで大変なことに……なるのですね）

　重く沈む気持ちに引きずられるように、俯いて足元をジッと見つめた。

　奴隷である名無しは、彼らを家族と呼ぶことはもちろん、父や母、姉として呼ぶことを許されていない。あくまでもフレミング家の奴隷として、旦那様、奥様、アリッサ様と呼ばなければならないのだ。

だが幸いにもソニアの教育がここで実を結ぶ。

（でも、今まで屋根のある場所で、ソニアにもたくさんのことを教えてもらえて、とっても幸運なのかもしれません！）

名無しはソニアと別れた時のことが甦《よみがえ》り、再び涙が込み上げた。それでも大好きなソニアが『幸せはたくさんある』と言っていたのを思い出し、教えてもらった通り幸せを探しながら暮らしていこうと涙をグッと呑み込む。

どこにも助けを求められない状況で、名無しは強くなるしかない。

ひとりで寝起きするのも慣れた頃、挨拶をするため初めてモーゼスと対面することになった。

彼女と同じ金色の瞳がギロリと睨《にら》みつけてくる。

「いいか、勘違いするな。お前は確かにベリンダの腹から出てきたが、決して私の娘とは認めない。むしろ災いの元であるお前をここまで生かしたことに感謝しろ！　これからは私たちに恩を返すのだ！」

「はい！　わかりました！」

モーゼスの言葉を素直に受け止め、名無しは心からありがたいと思いフレミング家へ尽くそうと決心する。

そんな彼女は名前を付けられることもなく、貴族籍にも登録されていない。『名無し』という通称のまま、フレミング侯爵家のために日々働いていた。

幼かった名無しはソニアの教育のおかげで、真っ直ぐな心のまま成長していく。十九歳になった彼女は母と同じ真紅の長い髪をひとつにまとめ、父と同じ琥珀の瞳を輝かせ、お仕着せをまとっていてもその美しさはあふれんばかりだ。顔立ちは双子の姉アリッサと瓜《うり》ふたつだが、素直な性格が表れているのか優しげな印象を受ける。

「おい、名無し！　私が株で損をしたのは、お前が生まれたせいだ！　いったいどう責任を取るのだ!?」

「旦那様、大変申し訳ございません！」

投資で失敗したモーゼスはやけ酒を呷《あお》り、すべて名無しのせいだと糾弾する。酔いが回ったモーゼスが寝るまで、彼女は罵倒され続けた。それでも八つ当たりしてスッキリするならいいことだと、モーゼスの理不尽な叱責を一身に受ける。

名無しに触れると不幸が移るかもしれない、と恐れたモーゼスに暴力を振るわれなかったのは幸いだった。

「わたくしの前に姿を現すなと言ったでしょう‼　早く消えてちょうだい‼」

「奥様、失礼いたしました！」

ベリンダには存在自体を認められておらず、うっかり鉢合わせしてしまった際はいつもこうして怒鳴られる。会わなければ害はないので、名無しはベリンダに鉢合わせすると運がなかったと思うようにしていた。

朝早くから屋敷の掃除や調理の下ごしらえ、場合によってはフレミング侯爵家の面々の鬱憤《うっぷん》晴らしに付き合うこともある。

ある冬の日、モーゼスがまたもや投資で失敗し、名無しに暖房を使うことを禁じた。さらに偶然会ってしまったベリンダにも罵倒され、一緒にいたアリッサには掃除中のバケツの水をかけられる。

その翌日に高熱が出てしまい「体調管理ができていない！」と叱責され、名無しは治るまで放置された。自力で回復できたのは奇跡に近い。

（ふう……先日は旦那様と奥様、それにアリッサ様もかなりストレスが溜《た》まっていたみたいですね。あれだけ吐き出したのだから、私でもお役に立てたでしょうか……）

それが自分の仕事なのだと思う名無しは、どんなに罵詈雑言《ばりぞうごん》を浴びせられても役に立てるならいいと心から思っている。

「ちょっと、いつまでここの掃除をしているのよ！　本当に名無しは鈍くさいわね‼」

「アリッサ様、申し訳ございません！　すぐに終わらせます！」

名無しと同じ顔の美しく着飾ったアリッサが、眉を吊《つ》り上げ怒鳴り散らした。メイド長からエントランスの掃除を命じられ掃除していたのだが、外出から戻ったアリッサの目に入って叱責されてしまったのだ。

「いつもいつも早く終わらせてって言ってるでしょう！　名無しの辛気くさい顔なんて見たくないのよ！　罰として夕食は抜きだから‼」

「申し訳ございません……」

そう言い残してアリッサは私室へと向かう。

（ああ、その言い方ですと、私とアリッサ様は同じ顔の作りなのでブーメラン発言になってしまいます……！）

最近読んだ小説で、主人公が意地悪をしたキャラクターにそんな風に言っていたのを思い出した。アリッサと同じ顔であることを申し訳なく思いつつ、黙々と手を動かす。

以前思った通りに進言したら『余計な口答えはするな！』と一喝されたので、いつも心の中だけで呟《つぶや》いていた。

名無しは退職した使用人が置いていった本や、数日前の処分するだけになった新聞をこっそり部屋に持ち帰り、寝るまでのわずかな時間で読むのが楽しみのひとつになっている。

こうして未知の世界を知り、とめどない好奇心を満たしていた。

（掃除はお屋敷がピカピカになるから気持ちいいです～！　ええと、次は夕飯の下ごしらえですね）

エントランスの清掃を終えて、名無しは調理場へと足早に向かう。

「遅くなってすみません、夕食の下ごしらえに来ました。なにから手伝いますか？」

「遅い！　さっさとその芋の皮剥きをしろ！」

「はい、わかりました！」

料理長はフレミング侯爵家でもう三十年も働いている古株だ。名無しは野菜の皮剥きや下茹《したゆ》で、材料の計量、洗い物などを手伝いながら、次々とできあがっていく料理を見るのが楽しみだった。

（今日は煮込み料理……ビーフシチューでしょうか？）

準備されていた材料から名無しは今日のメニューを推察する。大きな塊の肉がいくつも入って、ゴロゴロと野菜が浮かぶビーフシチューの大鍋からは香ばしい匂いが漂ってきた。仕上げにかけられる生クリームの純白と、旨味が溶け出した濃厚なブラウンのスープとのコントラストが食欲をそそる。できあがった料理が予想通りで、名無しは笑みを浮かべた。

（ビーフシチューはみんな美味しいと言っているから、いつか食べてみたいですね）

名無しの食事は残飯と決められているので、大人気のビーフシチューが回ってくることはない。

いつもサラダや具のないスープ、日が経って硬くなったパン、わずかに赤身がついた肉の脂身などが食事として用意される。それでも食事が与えられるだけマシだと刷り込まれているので、名無しは密かに夢を見るだけだ。

「おい！　洗い場を片付けろ！」

「はい、こちらも洗ってよろしいですか？」

たった今使って空になったボウルも洗った方がいいかと思い、名無しは料理長に声をかける。

「見てわからないのか！　さっさとしろ！」

「はい！」

名無しはなにをやっても怒鳴られるが、これも日常のひとコマなので平常心を保ったままだ。

メイド長や執事長が厳しく目を光らせているので、使用人たちは双子の次女として生まれた名無しの味方になることはない。むしろ主人にならない、料理長のように名無しにきつく当たる使用人の方が多いのだ。

だけど名無しはこんな環境でも小さな幸せを見つけるのが上手だった。

（この前取っておいたサニーレタスの芯から葉っぱが伸びてきて、そろそろ収穫できそうでしたね。明日の食事でいただきましょう）

名無しは厨房《ちゅうぼう》の手伝いをする際に、捨てるだけの野菜くずを持ち帰り、欠けて使えなくなったカップに入れてこっそり部屋の中で栽培していた。

これは以前、新聞記事に載っていた再生栽培と呼ばれ、市場で買ってきた野菜の切れ端をわずかな水につけて、もう一度食べられるようにする方法だ。これなら言いつけを破らずに、新鮮な生野菜が食べられる。

この記事を見つけた時、名無しはワクワクして夜も眠れなかった。

（サラダに交ぜたら、ボリュームアップして美味しく食べられそうです……！　ドレッシングはいつも余るから、多めにもらっていけばご馳走サラダになりますね）

余り物のドレッシングなら少しくらい多めにもらっても決まりを破ったことにはならない。安心して食べられるので、名無しにとってサラダは楽しみのひとつだった。名無しの部屋には誰も立ち入らないため、こんな風に食材を手にしているとは誰も気付いていない。

そこへバタバタと大きな足音を立て、慌てた様子の執事長がやってくる。

「おい！　名無しはいるか⁉」

「はい、なんでしょうか？」

こっそりと計画を立てる楽しい時間は終わり、ピリついた空気が厨房に漂う。いったい何事かと、執事長の言葉を待った。

「旦那様がお呼びだ、すぐに執務室へ行け！」

「承知しました」

名無しが料理長へ視線を向けると、彼はあきらめた表情をして黙々と手を動かしはじめる。たびたびモーゼスにこんな風に呼び出され叱責を受けることがあるから、夕食の手伝いには戻ってこないと察したのだろう。

（うーん、今日は旦那様の執務室の清掃もしていないですし、言いつけられた用事はすべて終わらせたのですが……他になにか粗相をしてしまったのでしょうか？）

名無しは急いでいる執事長の後について、モーゼスの執務室へとやってきた。扉の前に立つと、部屋の中からは言い争うような声がふたりの耳に届く。執事長の様子から、どうやら問題が起きているようだと彼女は理解した。

執事長は短くため息をついて扉をノックする。

――コンコンコンコン。

「旦那様、名無しを連れてまいりました」

「……入れ」

執事長と共に名無しが執務室へ足を踏み入れると、そこにはモーゼスとベリンダ、そして先ほど外出から戻ったアリッサもいた。

フレミング夫妻は疲れ切った様子で、アリッサは不貞腐れたように頬を膨らませている。

（なんだか、いつもと様子が違います……なにかあったのでしょうか？）

てっきり叱責されると思っていたので、予想外の雰囲気に名無しは戸惑った。

深いため息をついたモーゼスが、忌々しげに口を開く。

「名無し、お前にこれから貴族令嬢の教育をする。二カ月ですべて身につけろ」

「……そ、それはどういうことでしょうか？」

ありえないとはわかっていても、ついにフレミング侯爵家の娘だと認めてもらえたのかと、名無しの声が震えた。

「アリッサが婚約者のいる男を唆《そそのか》した悪女だとレッテルを貼られ、国王陛下から処罰を求められたのだ！」

「本当になんなのよ……！　結婚相手を探してちょっと遊んだだけなのに、わたしが悪女だなんていい加減にしてほしいわ！」

「そうよ。アリッサが魅力的なだけなのに男を取られただなんて、ただの言いがかりよ」

モーゼスの言葉で、納得できない断罪劇を思い出したアリッサは感情が荒ぶる。その『ちょっと遊んだだけ』なのが一線を越えており、貴族として処罰の対象になると正しく理解していなかった。さらにベリンダも娘がかわいいあまり、現実を正しく捉えていない。

「処罰としてアリッサがあのシルヴァンス・マードリックに嫁ぐことになった。だが、あんな男にかわいいアリッサを嫁がせるなどできない。だからお前が代わりに嫁ぐのだ。向こうで人体実験されようが、なにをされようが、罪を償うまで戻ってくることは許さんぞ！」

（シルヴァンス・マードリック……公爵様？）

それは貴族新聞で目にしたことがある名だった。たまに使用人たちが買ってくる大衆紙にも特集記事が組まれていたから、よく覚えている。

（思い出しました！　冷酷非道で人体実験を繰り返すマッドサイエンティストの、シルヴァンス・マードリック公爵様ですね！）

以前読んだ大衆雑誌では、夜な夜なマードリック公爵家の屋敷から呻《うめ》き声が聞こえるとか、屋敷に行った若い女は戻ってこられないとか、金に物を言わせて人間にも実験しているとか、そんな黒い噂があると書かれていたのを思い出した。

弱冠二十四歳の青年で天才的な頭脳を活かし、過去に何度も国王から褒賞を受けているということも貴族向けの新聞で読んだ。

その時は、希少な光魔法の使い手に特殊な魔法陣を施した魔石へ治癒魔法を込めてもらい、医者のいない地域や騎士団の遠征、訓練時に怪我を治す治癒魔法を簡単に使えるようにしたとあった。これにより死傷者の数がグッと減り、国の繁栄に貢献したと記載されていたのだ。

マードリック公爵はさらに魔石と魔法陣の研究を進め、魔力を持つ貴族ならどんな魔法でも使えるようにさまざまな魔法を込め、高い評価を受けていたのを覚えている。

しかし、最近では怪しげな研究に没頭し屋敷にこもっているという記事が掲載されていた。

夜会などには姿を見せず、たまに出席したとしても冷酷な態度で人を寄せつけない。それゆえいまだに独身で、恋人すらいないとも。

そんな人物へ嫁ぐのは恐ろしいだろうが、それだけでアリッサの罪を償えるのかと名無しは疑問に思った。

「嫁ぐだけで罪を償うことになるのですか……？」

「……国王陛下はマードリック公爵の後継問題を心配している。あんな頭のおかしい公爵に自分の娘を嫁に出す貴族などおらんからな。だから子供を産んで国に貢献すれば、罪は問わないと国王陛下がおっしゃったのだ」

その発言はモーゼスが名無しは娘ではないと言ったも同然だったが、名無し自身も今では父だと思っていないのですんなり納得する。

「なるほど、つまり才能あるマードリック公爵様の血筋をこの世に残せばお役目を果たしたことになるということですね！　わかりました！」

「あ、ああ。そうだな。万が一戻ってきたら、またここで奴隷として使ってやる」

「はい！　ありがとうございます！　しっかりとお役目を果たせるよう頑張ります！」

あまりにも元気のいい名無しの返事に、本当に理解しているのかとモーゼスは不安になった。

「お前、本当にわかっているのか……？」

「もちろんです！　アリッサ様の代わりにマードリック公爵家へ嫁ぎ、お世継ぎを儲《もう》けるのが私のお役目ですよね？　人体実験の対象になった際はしっかりと目的と方法を伺い、出産に関する機能はそのままにしてもらうようお願いいたします！」

「そ、それならいいが」

不安な気持ちが拭えないモーゼスだったが、名無しにやる気があるようだったので口を閉ざす。だが、ハッとなにかに気が付いた名無しは表情を曇らせ、青ざめた顔で大きな問題点を指摘した。

「あああっ！　ですが、私はアリッサ様のように優雅に振る舞うことができません……どうしましょう⁉」

「……それなら教師を手配するから心配ない。だが時間がないからな、期間は二カ月だ。それですべての礼儀作法を身につけろ」

「はい、承知いたしました！」

モーゼスの言いつけは無茶な内容だったが、初めて名無しのために労力を割いたことに驚く。

（教師まで用意していただけるなんて、私の責任は重大ですね……！　フレミング家のお役に立つためにもマードリック公爵様には絶対にばれないようにしなくてはいけません）

名無しにとって、このフレミング家が世界のすべてだ。使用人よりも価値のない彼女は初めての大役に気合が入る。

（無事に役目を果たして、アリッサ様の罪を償ってまいります！）

なによりも優先すべき使命を与えられたので屋敷の仕事は免除され、新たに雇われた教育係から礼儀作法をとことん学んだ。

途中、アリッサと名無しの誕生日があったが、アリッサが処罰を受けたこともあり、例年のように誕生パーティーは開かなかった。その代わり、家族や使用人たちで盛大に祝い、その和気あいあいとした様子が勉強漬けの名無しの耳にも届く。

（あ、今日はアリッサ様の誕生日でした……では、私も二十歳になったということですね）

これもいつものことなので、そのまま礼儀作法の本を読むことに没頭した。

名無しは飲み込みが早いものの、貴族としての振る舞いや礼儀作法は多岐にわたる。日常生活における貴族としての所作と、目上の人物に対する礼儀作法を中心に猛特訓した。しかし、どんなに内容を絞ったとしても、たった二カ月でそれらすべてを教えるのは無理がある。

二カ月後、仕上がりを確かめるため、モーゼスが名無しを執務室へ呼び出した。ベリンダとアリッサも同席して入室からの所作をつぶさに観察する。ノックの仕方から扉の開け方、部屋に入ってからの足運びなど、最後に名無しが目の前でカーテシーをするまで目を光らせてチェックした。

「ううむ……まあ、貴族令嬢に見えないことはないが、なんというかまるで洗練されていないな」

「本当に、田舎から出てきたばかりの貧乏貴族の娘のようね。あなた、これで大丈夫なの？　いくらなんでも侯爵令嬢として品がなさすぎるわ」

「ちょっと、名無し！　わたしはそんなガサツな所作はしないわよ！　あれだけ勉強の時間を作ったのに、どういうこと⁉」

「申し訳ございません‼」

アリッサに叱責され、名無しは思わず使用人のように九十度に腰を折って頭を下げる。貴族令嬢ならそこまで深く頭を下げないが、アリッサに叱責され続けてきた名無しは条件反射で使用人としての謝罪をしてしまった。

（ダメですね、アリッサ様に叱られて思わずいつものように謝罪してしまいました……。ここは確か、背筋を伸ばし四十五度のお辞儀をして、ヘソの下で手を組むのでした……！）

名無しは頭を下げたまま、不出来な自分を反省する。

「アリッサ、あまり叱るな。ボロが出てしまうぞ」

「でも、お父様。わたしがこんな田舎くさい所作をすると思われるのは耐えられません！」

「そうよ、あれだけ美しい所作のアリッサがこんな……！」

しかし、王命で下された期日が明日に迫り、満足できるほど仕上がっていないが名無しをこのまま送り出すしかない。かわいい愛娘を守るためだとモーゼスは己に言い聞かせる。

「仕方ないだろう。アリッサをあんな頭のおかしい公爵へ嫁がせるわけにはいかんのだ」

モーゼスの言葉に、アリッサもベリンダも口を閉ざした。

「よいか、アリッサの身代わりだと絶対にばれないようにしろ」

「はい！　承知しました！　アリッサ様の身代わりとして頑張ります！」

いまだに頭を下げたままの名無しは、元気よく返事をする。「もう下がれ」とフレミング侯爵に言われて、名無しはいつも通り私室となっている物置部屋で一夜を過ごした。

翌朝、誰にも見送られることなく、名無しはフレミング侯爵家を後にする。

アリッサの身代わりということで、ドレスも馬車も侯爵令嬢にふさわしい物を用意してもらえた。こんなに肌触りのいい生地を使ったドレスは生まれて初めてで、それだけで胸が躍る。

（まあ！　こんな素敵なドレスを着られるなんて、アリッサ様の身代わりができて本当にラッキーでした！）

名無しはアリッサが身につけていたキラキラしたドレスや、長い髪をまとめる髪飾りをいつも羨望の眼差しで見つめていた。小説の中で主人公たちが着飾るシーンは夢のような世界で、名無しの憧れでもあった。

（この二カ月はマナーの勉強のため食事もたくさん食べられました……このご恩に報いるためにも、マードリック公爵様のお子を産んでアリッサ様の罪を私が償いましょう！）

食事は相変わらず残り物だったが、カトラリーを扱う練習のため、普段より肉を食べることができたのでいつになく力がみなぎっている。

車窓へ視線を向けると、アリッサと瓜ふたつの顔が映っていた。ジッと座っているだけなら、誰も見分けがつかないほどだ。

「なるべくボロを出さないよ――」

そこでふと、視界に入る景色に名無しの意識が逸れる。

「なんということでしょう！　馬車とはこんなに速いのですね！」

屋敷を出てから今まで、モーゼスの言いつけを守ろうと必死すぎて、名無しは周りが見えていなかった。

しかし、一度気付いてしまったら、それを無視することなんてできない。車窓から見える景色がどんどん後ろへ流れていく。こんな経験も初めてで、名無しは興奮気味に車窓に張りついた。季節は初夏を迎え野山は青々と生命力に満ち、道端の花は太陽の光をたっぷり浴びて可憐《かれん》に咲き誇っている。

そこで名無しは、屋敷の外に出たのが人生初だと気が付いた。

「そういえば、馬車に乗るのも外に出るのも初めてでした……！　ふふふ、こんな素敵な経験ができるのも、アリッサ様のおかげですね！」

目まぐるしく変わっていく世界を興味津々で眺める名無しは、人生で一番というほど気分が高揚している。

マードリック公爵家のある街外れに向かって街の様子が変わり、豊かな自然が次々と名無しの目に飛び込んできた。青い空や遥《はる》か遠くに見える山々は、果てしない世界を教えてくれる。

「建物がたくさんありました！　今度は緑がたくさん並んでいます！　まあ、あんなに大きな木も……！」

金色の瞳をさらに輝かせ、名無しは流れ行く景色をずっと目で追っていた。生まれて初めて見る広大な景色は、暑さも吹き飛ばして名無しの心に深く刻まれていく。

驚くほど前向きで素直な名もなき令嬢は、人生最大の荒波を乗り越えようとしていた。

第二章　契約結婚を打診されました

フレミング侯爵家を出た馬車は順調に進み、予定より幾分早く目的地のマードリック公爵家の屋敷へ到着した。

マードリック公爵家の屋敷は王都の中心地から少し離れた場所にあるが、その敷地は広大だ。延々と続く外壁に沿って進むと、頑丈そうな漆黒の鋼鉄製の門が見えてきて門番が立っている。

門の前で馬車を止めた御者は、モーゼスから預かった手紙を門番に見せた。すると漆黒の門が開かれ、御者は馬を操りマードリック公爵家の敷地内へと進んでいく。

「……ここがマードリック公爵家なのでしょうか？　でもおかしいですね、お屋敷が見えません」

名無しは門をくぐって五分ほど経つのに、いまだ森の中のような景色に不安を覚えた。

（確かにマードリック公爵様に嫁ぐためにやってきましたが、本当にこの場所で合っているのでしょうか？）

しかし、頼りの御者は馬を操っているので、声をかけることもできない。名無しはおとなしく馬車が止まるのを待つしかなかった。

「ゴホン、お嬢様。到着いたしました」

やがて馬車が止まり、御者の声と共にガチャリと扉が開かれる。ホッとした名無しはすぐに降りようとして、ハッと我に返った。

（そうでした、貴族令嬢というのはエスコートをしてもらわないと馬車から降りてはいけないのでした！　うっかり自分ひとりで降りてしまうところでした……！）

名無しは教師に教わった通り、御者が手を差し伸べるのを待って馬車から降り立つ。なんとか貴族令嬢らしい振る舞いができて胸を撫《な》で下ろしたが、マードリック公爵家のお屋敷を見てあんぐりと口を開いた。

（え……？　こ、これは、まるでお城みたいです――‼）

名無しの目の前には、城かと見紛《みまが》うばかりの白亜の建物が鎮座している。深い青の屋根とのコントラストが美しく、まるで物語に出てくる王城のようだと思った。

「ひえ……ここがマードリック公爵様のお屋敷……！」

「ようこそいらっしゃいました、アリッサ・フレミング様。私は執事のジェイドと申します」

呆然《ぼうぜん》としていると、いつの間にか執事と名乗る青年が名無しの目の前にいて、恭しく頭を下げる。つられて頭を下げそうになったが、グッとこらえて名無しは貴族令嬢として振る舞った。

「本日よりお世話になります。早速マードリック公爵へご挨拶させていただきたいのですが、よろしいでしょうか？」

「はい、もちろんでございます。ご案内いたしますのでこちらへどうぞ」

サラサラのライトブラウンの髪をなびかせ、ジェイドは屋敷の中へと進む。ここまで名無しを送り届けた御者は一礼をして、フレミング侯爵家へと帰っていった。

（ここから私ひとりで頑張らないといけませんね……！　まずはマードリック公爵様にお会いして、お子を作るべく良好な関係を築きましょう！）

ジェイドの先導でお城のような屋敷に足を踏み入れ、名無しはその美しさに感嘆する。

調度品はもちろん、床も窓も磨き上げられ塵《ちり》ひとつ落ちていない。無駄に飾り立てずに、品よくシックにまとめられた室内は居心地がよさそうだ。

（まあ、使用人の皆さんはとてもいい仕事をしていますね。私も見習わなくては……！）

思わず使用人目線で見てしまう名無しは、心の中で使用人たちの仕事ぶりに拍手喝采を送った。やがてマードリック公爵の執務室へ到着し、ジェイドが扉をノックする。

「シルヴァンス様、アリッサ・フレミング様をお連れいたしました」

しかし、扉の向こうからなんの反応もない。というか物音すらしないので、そもそも部屋の主がいるのかも怪しいと名無しは思う。

「シルヴァンス様、失礼いたします」

再度ジェイドが声をかけて扉を開くと、案の定、部屋の中には誰もいなかった。

「アリッサ様、申し訳ございません。ただいま主人を連れてまいりますので、こちらにおかけになってお待ちいただけますか？」

「はい、ここでお待ちしております」

ジェイドは申し訳なさそうに礼をして、足早に執務室から出ていく。残された名無しは優雅な所作で執務室のソファーに腰を下ろした。ほどなくしてメイドがお茶を運んできたので、練習した通り音を立てずに細心の注意を払って口にする。

（ふわあああ！　この紅茶、とっっっても美味しいです‼）

フレミング侯爵家でも見かけたことがないほど香り高い紅茶は、ひと口飲んだだけで名無しを虜《とりこ》にした。芳醇《ほうじゅん》な香りを楽しみつつ、名無しはあっという間に紅茶を飲み干す。

すかさずメイドがお代わりの紅茶を注ぎ、その無駄のない動きとさりげない気遣いに心を打たれた。

（なんということでしょう！　マードリック公爵家はジェイドさんを始め使用人の方たちが本当に優秀なのですね……！　これは、私もいろいろと勉強できそうです！）

役目を果たしたらフレミング侯爵家に戻るつもりの名無しは、滞在中にスキルアップができそうだと喜ぶ。メイドを観察しながら二杯目の紅茶を半分ほど飲んだところで、ジェイドが主人を引き連れて戻ってきた。

「アリッサ様、大変お待たせいたしました。こちらがマードリック公爵家の主人、シルヴァンス様でございます」

ジェイドの背後からムスッとした表情の青年が姿を現す。名無しは慌ててソファーから立ち上がった。

艶のある銀糸の髪は無造作に下ろされ、エメラルドのような瞳が名無しをギロリと睨みつける。それでも神々しいまでに整った容姿からは気品が漂っていた。

グレーのシャツとシンプルな黒のパンツというラフな格好の上に白衣を羽織っただけの衣装

でも、十分すぎるほど魅力的だ。

（この方がマードリック公爵様ですね……なんて美形さんなのでしょうか！　こんなに綺麗《きれい》な男性は初めて見ました……！）

名無しが知っている異性といったらモーゼスと屋敷の使用人たちで、あとはここに来て会ったジェイドだけだが、シルヴァンスが飛び抜けて美しいのは理解できた。

「はあ、本当に来たのか。じゃあ、早速この書類にサインしてくれ」

「シルヴァンス様、いくらなんでもその態度はいかがなものかと思います。それに、説明不足すぎて、あまりにもアリッサ様が不憫です」

「仕方ないだろう。さっさと済ませて研究室へ戻りたいんだ」

シルヴァンスは研究で忙しくしているのに、わざわざ執務室まで来てくれたのだと名無しは受け止め、申し訳ない気持ちでいっぱいになる。

「大切な研究の手を止めてしまい申し訳ございません。顔合わせでしたらもう十分ですので、お戻りいただいても大丈夫です」

名無しは気を回して提案したのだが、シルヴァンスもジェイドも目を見開いて固まった。

シルヴァンスはどうしても断れなくて参加した夜会でアリッサを目にしたことがあるし、ジェイドは至るところで聞いた噂と明らかに様子が違うので衝撃を受けている。

「……お前、本当にアリッサ・フレミングか？」

「っ！　も、もちろんです！　罪を償うためにまいりましたので、心を入れ替えたのです！」

「へえ、殊勝なことだ」

「いえ、当然のことでございます……」

シルヴァンスはなおも疑いの眼差しで名無しをジッと見つめた。シルヴァンスに促されて、名無しは優雅な仕草で再びソファーに腰を下ろす。名無しから視線を逸らさず無駄のない動きでシルヴァンスがソファーに腰かけると、ジェイドはお茶とお菓子をテーブルに並べた。

（あ、危なかったです！　あらかじめ疑われた時の答えを用意しておいてよかったです～‼）

バクバクと心臓が激しく脈打っているが、そんな素振りを見せないように名無しはツンとすました顔をする。とてもアリッサの身代わりとして見えないことを危惧して、モーゼスから事前にレクチャーされていたのが役に立った。

背筋を伸ばし、足を揃《そろ》えて視線を前に向けるとバチッとシルヴァンスと視線が絡んだが、名無しはそこで狼狽《うろた》えずに笑みを浮かべる。

やがて疑いが晴れたのか、シルヴァンスはジェイドから書類の束を受け取り、話しはじめた。

「では、こちらの書類が婚姻宣誓書だ。それとは別で話がある」

「話ですか？」

「僕は今、研究以外に無駄な時間を使いたくない。そこで君とは契約結婚をしたい」

「契約結婚でございますか……」

名無しは突然のシルヴァンスからの申し出に困惑する。あくまでもアリッサの罪を償うために来ているので、その役目を果たせないならどんな契約であろうと結ぶことはできない。

「二年間、白い結婚を続けてくれたら、君は罪を償ったものとして離縁する。もちろん、その後の生活も保障しよう」

「そんな……！」

「僕はそもそもこの王命に迷惑しているんだ。僕の結婚を罰ゲームのように扱われて不愉快極まりない。魔力量は遺伝すると言われているが、例外は多々ある。遺伝子だけ残したところで、国に貢献するかどうかはまったくの別問題だ。すでにこの条件で国王にも許可は取ってあ――」

「ありがとうございます！　ぜひ契約結婚でお願いいたしますっ‼」

あまりにも名無しにとって都合のいい提案に、シルヴァンスの言葉に被せて返事をする。身代わりである名無しにとって、シルヴァンスと二年過ごせばフレミング侯爵家に戻れるなんて願ってもない。

名無しの勢いに若干引きつつもシルヴァンスは言葉を続ける。

「あ、ああ……だから、しばらくの間は無闇に研究施設や僕の周りに近付くな。その代わり屋敷内では自由にしていいし、衣食住は保障する。結婚指輪は研究の邪魔になるから用意していない。それとこの契約結婚について知っているのは、僕とジェイドだけだから口外はするな」

キッパリと言い切ったシルヴァンスの瞳に迷いはない。

「はい、それでお願いいたします！」

身代わりで嫁げと言われた時は不安もあったが、すべてがうまく進みすぎて怖いくらいだ。名無しはこのチャンスを無駄にしないよう、さっさと書類を受け取る。

何度も何度も練習した、アリッサ・フレミングの名でサインした。

すべての書類にサインをし終えた名無しは、ジェイドの案内で公爵夫人の部屋へ通された。部屋に一歩足を踏み入れ、その広さと優雅さに度肝を抜かれる。

（こっ！　こんなに素敵なお部屋を私が使ってもよいのですか――!?）

モーゼスの執務室よりも広く、繊細な装飾が施された家具がセンスよく並べられた部屋は名無しにとって未知の領域だ。さらにジェイドから衝撃的なことを聞かされる。

「それと、こちらがアリッサ様の専属侍女とメイドたちでございます。なにかございましたら遠慮なくお申しつけくださいませ」

「専属侍女とメイドたち……？」

名無しの気持ちは追いついていないが、四人の女性のうち落ち着いたドレスを着ている金髪碧眼の美女が一歩前へ出てカーテシーをする。

「わたくしはエレン・ロッシュと申します。アリッサ様にお仕えできますことは光栄に存じます。専属メイドは三名、マリー、カタリナ、コレットでございます」

エレンの紹介を受けて、メイド服の三人も洗練された見事な礼をした。それだけで名無しよりも優秀な人材だとよくわかる。優秀であればなおのこと、こんな大人数は必要ないので、人数を減らしてもらいたいと柔らかく伝えることにした。

「よ、四人はいささか……」

「少なすぎますか？　ではあと三名追加しましょう」

ジェイドの言葉に名無しは卒倒しそうになった。世話をされることに慣れていない名無しでは、人数が増えるほどボロが出やすくなる。ここは断固拒否するべきだと、声を大にして叫んだ。

「いえ！　逆です！　多すぎます‼　私のお世話は必要ありませんので、どうかお気になさらず……！」

「しかし奥様に不自由をさせたなどとあっては、マードリック公爵家として面目が立ちません。これ以上専属メイドを減らすのであれば、私がアリッサ様の専属執事としてお仕えいたします」

「そ、そんな……！　では、このままで大丈夫です……」

ジェイドが専属執事などとんでもないと青くなった名無しは、専属侍女と専属メイドたちを受け入れた。

（想像以上の好待遇ですが、もしやすでに人体実験されているのでしょうか⁉）

まったくもって的外れな読みをする名無しに、エレンが声をかける。

「アリッサ様、もう少しで昼食の時間ですが、移動でお疲れかと存じますので、お部屋までお運びしますか？」

「はい！　ぜひそうしてもらえると助かりますっ！」

名無しは力強くそう答えた。なにせ付け焼き刃の礼儀作法しか身につけていないのだ。ボロが出ないように、おとなしくしていたい。

そんな名無しを見て、エレンは意外だと思った。

（あら……部屋にこもっていたいなんて、随分おとなしい方のようね）

エレンはマードリック公爵のように噂は真実ではないこともあると知っているので、アリッサの悪い噂も耳にしていたがあくまでも本人を見て判断したいと考えている。

（噂ではもっと自己顕示欲が強くて、常識知らずなわがまま女だと聞いていたけれど……。わたくしたちに対する態度といい、直接お会いしてみるとやっぱり違うものね）

実際はまったく別人であるが、エレンがそんなことに気が付くはずもなく、名無しの評価は密かに上がりまくっていた。

名無しもそんなことになっているとは思わずに、できるだけ目立たずにひっそりと過ごそうと決意する。

（お部屋で食事させてもらえるなんて、エレンさんはなんて素晴らしいご提案をしてくださったのでしょうか……！　できればこれからも、部屋で食事を希望したいです……！）

そうして運ばれてきた食事はできたてで温かく、新鮮な食材を使い調理されたものだ。見ただけでも美味しそうな料理がテーブルに並べられ、食欲をそそる匂いが名無しの部屋いっぱいに広がる。

「アリッサ様、昼食の用意が整いました。こちらでお召し上がりくださいませ」

「ありがとうございます」

名無しは粗相をしないようにゆっくりと椅子に腰を下ろし、テーブルマナーを思い出しながら食事に手をつける。

（ああっ！　お肉！　憧れのお肉の塊があります！）

メインディッシュのチキンソテーを見て、名無しは感動した。フレミング侯爵家では、こんな肉の塊を出されたことがない。テーブルマナーの練習でも、じゃがいもを挽肉《ひきにく》で包んだハンバーグもどきが出てきただけだった。

ドキドキと高鳴る胸を落ち着かせ、練習通りにナイフとフォークを使いチキンソテーを口に運ぶ。

頬張った途端、鶏肉から香草の風味と共に旨みの詰まった肉汁があふれ出し、絶妙な塩加減がたまらなく名無しは両目を見開いた。

（はうあああ〜‼　なんて美味しさでしょう‼　さすがマードリック公爵家、料理長の腕は天下一品ですっ‼）

名無しは夢中で食事を口に運び、あっという間に他の料理も完食してしまった。

「ごちそうさまでした……はああ、美味しかったです」

頬をほんのりと桃色に染め、うっとりした表情で満足げに名無しが呟くと、ニコニコと笑いながらエレンが食後のお茶を差し出してきた。

「ご満足いただけたようでなによりですわ。本日はこのままゆっくりとお過ごしくださいませ。夕食もお部屋にご用意いたします」

「はい、ありがとうございます」

「ところで、アリッサ様。お荷物はいつ頃到着するのでしょうか？」

「……荷物とは？」

エレンの質問に名無しは首を傾げる。荷物などモーゼスからはなにも渡されていない。与えられたのは今着ているドレスと靴、髪をまとめるためのリボンだけだ。

「はい。ドレスやアクセサリー、それに下着や化粧品など、諸々のお荷物がフレミング侯爵家から届いておりません。なにか手違いがなかったか確認を……」

名無しは焦った。エレンを引き止めるために慌てて言い訳を並べる。

「ああっ！　あの、それは、ええと、今回は罪を償うための嫁入りですので、すべて捨ててきました。荷物はなにも持っておりません！」

名無しの言葉に嘘《うそ》はない。今まで名無しが着ていたお仕着せやボロボロの夜着はみっともないと、屋敷を出る前日にアリッサが処分してしまった。ついでに細々とした物も侯爵令嬢らしくないと、一切合切捨てられたので、本当に所持品ゼロだ。

「なにも……？　身ひとつでこちらにいらしたのですか？」

「はい。ですので、手違いなどはありませんので、ご安心ください！」

この話を聞いて、エレンは雷に打たれたような衝撃を受けた。

貴族令嬢がそこまでの覚悟を持ってきたのかと、涙が込み上げる。確かにマードリック公爵からは王命で妻を娶ることになったと聞かされ、相手は悪い噂のある令嬢だと警戒していた。

しかし、それもいろいろ拗《こじ》らせて結婚相手を見つける気のない当主のために、国王が苦肉の策で手配したのだと理解している。

そのご令嬢が実際は噂など嘘だと言い切れるくらい誠実で、贖罪《しょくざい》のためにここまでするなど僥倖《ぎょうこう》と言わずになんというのだろう。

もしかしたら、処罰を受けてはいるが、その裏にはなにか理由があったのかもしれない。本当に罪を犯したとしても、ここまで反省しているならもう十分ではないかとエレンは考えた。

「アリッサ様……！　わたくしは神の采配に感謝いたしますわ！」

「神の采配……ですか？」

「ええ！　まずは取り急ぎ、必要な衣装や下着、小物をご用意いたします。あとは……そうですわね、一度公爵様に確認してからでもよろしいでしょうか？」

「はい、それでお願いします」

よくわかっていない名無しは、とりあえず是と頷《うなず》く。貴族令嬢にはなにが必要か、アリッサの荷物を思い浮かべるがピンとこない。すでに十分すぎると感じている名無しは、すべてをエレンに任せることにした。

エレンは呼び鈴を鳴らせばすぐにやってくると説明して、名無しの衣装などを用意するため部屋から出ていく。ようやくひとりになった名無しは、ソファーにぐったりともたれかかった。

（はあああああ……！　なんとかここまで乗り切りました……‼）

神経をすり減らした数時間だった。付け焼き刃の礼儀作法でボロが出ないようにしていたので、美味しすぎる昼食でほんの少しだけ素を出してしまったのは仕方がない。

（それにしても、あんなに美味しい食事をいただけるなんて、ここは天国でしょうか⁉）

フレミング夫妻やアリッサの話から、もっとおかしな実験をされたり、血を抜かれたり、研究対象にされたりするのかと考えていた。

シルヴァンスはそっけない対応だが、今のところ名無しに対して無茶な要求はしてこない。むしろ、こんなに素敵な部屋を与えてくれて、素晴らしい食事を提供してくれる。使用人たちも礼節をもって接してくれた。しかも名無しのために衣装なども用意してくれるというではないか。

（もしや、マードリック公爵様はすこぶるいいお方なのでは……‼）

天啓の如く、名無しの頭の中に閃《ひらめ》きが走る。

研究内容だって、民や国を思うからこその着想だった。おそらくそっけない態度で誤解を招き、研究に没頭するあまり社交も疎かになったのかもしれないと名無しは考える。

（こんなに思いやりにあふれるお方ですのに、本当にもったいないです。みなさんがマードリック公爵様の素晴らしさに気が付くといいのですが……）

名無しは心から残念に思うのだった。

一夜明け、天国だと言われたら信じてしまいそうなほどフカフカのベッドの中で、名無しは目覚めた。

フレミング侯爵家では早朝から仕事に取りかかっていたため、いつもと同じ時間に起きたが屋敷はまだ静けさに包まれている。

昨夜の夕食も素晴らしく、初めてほっぺたが落ちそうになる体験をした。夕食時にエレンから夜着だと渡されたのはシルクのネグリジェで、同じような生地の高級な夜着をアリッサが持っていたのを思い出す。

その後の入浴で初めて湯船に浸かった。いつも準備するばかりだったが、アリッサが毎日用意させるのも納得の極楽タイムだった。

寝具の肌触りもよく、最高の寝心地だったおかげで疲れはすっかり取れている。

手持ちぶさたの名無しは昨日と同じドレスに着替え、身支度を済ませた。手櫛《てぐし》で髪を整え、真紅の髪は背中に流す。使用したヘアケア製品がよかったのか、たったひと晩でゴワゴワだった髪がまとまり高級製品の効果に感動した。

しばらくして、ノックの音が室内に響く。

――コンコンコンコン。

「アリッサ様、おはようございます。エレンでございます」

「はい、どうぞお入りください」

名無しはソファーにかけて姿勢を正した。この瞬間から決してボロは出せない。

「失礼いたし……」

だが、名無しを見たエレンはにこやかな笑顔のまま固まった。

しばしの沈黙がふたりの間に流れ、名無しは早速失敗したのかと焦るが、まだひと言しか言葉を交わしていない。

（な、なにか私がやらかしたのでしょうか……？　いっそのこと先に謝罪した方がいいのでしょうか⁉）

そう思い口を開きかけたところで、エレンがようやく我に返り勢いよく名無しの目の前までやってくる。

「アリッサ様っ！」

「はいぃ！　申し訳ございません！」

名無しは思わず謝ったが、エレンは構わず続ける。

「まさか、おひとりで準備をされたのですか⁉」

「は、はい。そうですが……いけませんでしたか？」

貴族令嬢は自分で身支度などしないものだが、フレミング侯爵家で叩き込まれたのは起きてからの礼儀作法ばかりで、他のことは教わっていない。昨夜の入浴も名無しは世話を丁重に断ったくらいだ。

だが、名無しのそれらの行動こそが、またもやエレンの心を揺さぶる。

（アリッサ様はそこまでして罪を償おうと必死なのね！　なんて誠実でいじらしいのかしら！　わたくしがお仕えする方がこんなにも真っ直ぐな方だなんて……！）

エレンはアリッサの専属侍女に指名したシルヴァンスに、深い感謝の念を抱いた。曲がったことが大嫌いなエレンにとって、仕える主人の性質というのはとても重要だ。

心から尽くしたいと思える相手でなければ、長く続けることはできない。そのせいで王城や他の公爵家などに仕えては辞めてきたのだ。

（アリッサ様こそ、わたくしが仕えるべき主人ですわ……！）

思わぬところで強力な味方ができたが、そうとは知らない名無しは身代わりだとばれたのではないかと緊張感に包まれている。

「失礼いたしました。昨日と同じお召し物では不快かと存じますので、こちらでドレスをご用意しております。よろしければお着替えをお手伝いさせてくださいませ」

「そうだったのですね。お手間をおかけしてしまい、申し訳ございません」

世話をする立場としては、主人が余計なことをせず身を任せてくれた方が手間が省けることが多い。名無しは、まさか昨日の今日でドレスを用意してもらっているとは思っていなかったので、手間をかけてしまったことを心から申し訳なく思った。

（次からはちゃんと確認して行動しないとダメですね……）

反省した様子の名無しに温かな視線を向けたエレンは、メイドも呼び入れアリッサの身支度を整えた。

薄くメイクを施し、真紅の髪はハーフアップにして、ドレスに合わせて装飾品をピックアップする。すべて終えると、鏡の中には本物のアリッサよりも美しく着飾った名無しの姿が映っていた。

（なんということでしょうか！　こんなに私が綺麗になるなんて思いませんでした……！　エ

レンさんたちはさすがです‼)

鏡を見て驚いている様子の名無しに、エレンが温かい眼差しを向ける。

「ふふふ、やはりアリッサ様には可憐な装いが似合いますね」

「本当に素敵です……！　ありがとうございます！」

そんな風に使用人たちにも大切にされ、名無しは胸がポカポカと温かくなった。そして、こんなに素晴らしい生活を提供してくれるシルヴァンスは、やはりいい人なのだと再認識した。

こうして名無しは今までが嘘のように毎日快適に過ごし、一週間が経った。

あまりにも天国にいるような暮らしで、むしろ危機感を覚えている。

(こんな素晴らしい生活が二年も続いた上に、罪まで償ったことにしていただくなど、黙って受け入れたらバチが当たるのではないでしょうか……⁉)

今までの生活が底辺だっただけに、名無しは仕事もせずにただのんびり過ごす時間を苦痛に感じはじめていた。

(そうです、こんな暮らしができるのもすべてマードリック公爵様のおかげですから、少しでも恩返ししなければ……‼)

そこで名無しはエレンに声をかける。

「エレンさん、マードリック公爵様はなにをしたら喜ぶのでしょうか？」

「公爵様ですか？」

「はい、こんなにいい暮らしをさせていただいているので、少しは恩返しがしたいのです」

名無しは正直に打ち明けた。義理堅い性格の名無しにとって、ただ相手から享受するだけというのは受け入れ難い。せめて契約期間の二年間はシルヴァンスに寄り添い、研究が進むよう力になりたいと考えている。

しかし初日に近付くなと言われ、それ以降、一度も顔を合わせていないこともあり、なにをしたらよいのかわからなかった。

「はああ！　アリッサ様はなんて健気なのでしょうか……！　よろしいですわ、わたくしが橋渡しいたします‼」

「そうしていただけると助かります。ありがとうございます！」

エレンの協力を得て、名無しはシルヴァンスが研究に没頭するあまりゆっくりと休んでいないことを知った。

「それなら、少しでも気持ちや神経が休まるようなリラックス効果のあるお茶を淹《い》れるのはいかがでしょうか？　確か新聞記事でそんなハーブティーがあると読んだことがあります」

名無しはフレミング侯爵家でも庭のハーブを摘んでお茶を淹れていたので、うまく配合すればシルヴァンスの力になれるのではないかと提案する。エレンはその提案に笑顔で答えた。

「それはいいですね！　では、公爵様のお休み前の時間に合わせてご用意をお願いできますか？」

「もちろんです！　あの、それでは用意したい材料があるのですが……」

名無しは昔、新聞で読んだ人気茶屋のブレンドティーのレシピを思い浮かべる。茶葉の配分は相手の状態によって変えることもできて、割合が簡単だったので覚えやすかったのだ。

使う茶葉はフレミング侯爵家の庭にも自生していたので、自分でブレンドして飲んでいたが、なかなかいい味だった。名無しはシルヴァンスのことを想像しながら、茶葉の配分を考える。

(毎日遅くまで研究されているとしたら、身体の血の巡りが悪くなっている可能性がありますね。お休み前に飲むお茶なら安眠と鎮静効果を強めに、それと飲む直前に蜂蜜を入れていただき深い眠りを誘いましょう)

少しでも深い眠りについてゆっくりと休めるように、心を込めて名無しは茶葉をブレンドした。

＊＊＊

(最近、調子がいいな……)

シルヴァンスは寝起きにそう思うようになった。目が覚めると頭がスッキリしていて、思考がクリアになっている。今までは朝食代わりのお茶を飲むまで頭がボーッとしていたのだが、こんな変化が現れたのは三日前からだ。

(確か四日前の夜から寝る前に飲むお茶を変えたと言っていたな。あれのおかげか……)

しっかりと休めているからか、最近は研究にも集中して取り組めている。結果的に効率よく研究を進めることができるので、シルヴァンスは紅茶店ごと買い取ろうかと朝のお茶を運んできたジェイドに尋ねた。

「ジェイド。就寝前に飲むお茶を売っている店はどこだ？」

「就寝前のお茶はどこにも売っておりません」

「売ってない？　では料理長がブレンドしているのか？」

「いえ、ブレンドされたのはアリッサ様です」

「は？　あの女が？」

シルヴァンスは驚きに両目を見開く。

確かに戸籍上は妻にしているが、ふたりが交わした契約書にはただおとなしく過ごすだけで罪を償ったことにすると明記したのだ。

こんなことをしなくても、時期がくれば生家に戻れる。まったくもって考えが読めないシルヴァンスは短くため息をついた。

「はい。間違いなくアリッサ様がご用意されました。そういえば、エレンたちにもブレンドティーを渡していましたね」

そんなことになっているとは思わず、シルヴァンスは腕組みして背もたれに身体を預ける。

（面倒だから放っておきたかったんだが……）

できるならこのまま関わらず、期限の二年を迎えたかった。しかし、この屋敷で動きを見せるなら、シルヴァンスにすり寄る理由をはっきりさせておく必要がある。

シルヴァンスが研究に没頭できる環境を維持するためにも、不穏分子だった場合は早急に排除しなければならない。

（仕方ない、目的くらいは把握しておくか）

回転の速い思考を巡らせ、シルヴァンスは策を練っていく。

両親が早くに亡くなり、マードリック公爵家を守ってきたシルヴァンスは、汚い手を使う貴族たちに揉《も》まれてきた。決して本音は語らず、相手の言葉を鵜呑《うの》みにせず、そうしながら自分の強みである頭脳を生かして貴族たちと渡り合い、研究を成し遂げてきたのだ。

治癒魔法や初歩的な魔法を魔石に閉じ込める研究で成果を出した時は、貴族たちも国王も認めてくれて賛辞を送ってきた。しかし、今の研究を始めてからは、手のひらを返したようにみんなシルヴァンスを馬鹿にする。誰ひとりとしてシルヴァンスが研究を成功させるなどと思っていない。

近寄ってくるのは金と公爵夫人の立場が欲しいだけの強欲な女ばかりで、裏ではシルヴァンスを馬鹿にしている。

そんな貴族たちに囲まれて、シルヴァンスはほとほと人間が嫌になった。

屋敷で働く使用人たちは古くから勤める者か、シルヴァンスの研究によって救われた者たちばかりだ。

地方の小さな町に住んでいたジェイドは、家族が大怪我をした際に治癒の魔石で助かったと言っていた。子爵令嬢のエレンは領地が干ばつに見舞われていた時に実験で水魔法を込めた魔石を使ったら、魔石のおかげで危機を脱したと一年後にやってきた。料理長はもう三代に渡り仕えてくれている。そうやってわずかに信用できる人間だけをそばに置き、警戒してきた。

「ジェイド。伝言を頼む」

「かしこまりました」

シルヴァンスはフレミング侯爵家からやってきた女の目的を明らかにし、信用できるかどうか試すことにした。

＊＊＊

名無しがシルヴァンスからの伝言を聞いたのは、マードリック公爵家にやってきてから十日後のことだ。

その日の朝食が終わった頃に、ジェイドが名無しの私室へやってきてシルヴァンスからの言付けを伝えた。

「マードリック公爵様とお茶の時間を？」

「はい。アリッサ様がブレンドされたお茶のことをお話ししましたら、ぜひ詳しくお話を伺いたいとおっしゃっていました。本日の十四時からとなりますので、庭の東屋へお越しいただけますか？」

「はい、承知いたしました」

シルヴァンスのためにブレンドしたお茶を気に入ってもらえて、名無しは嬉しくなる。少しは恩返しができているようだと思うと、効能別にいろいろな茶葉を用意したくなりレシピを思い浮かべた。

（マードリック公爵様には安眠に特化したものや、思考をクリアにするブレンドもよさそうですね。少しフルーツを足して風味を変えても楽しめるでしょうか。ふふふ、嬉しくてどんどんアイディアが出てきます！）

嬉しそうに笑みを浮かべる名無しは、シルヴァンスとのお茶に備えて準備を進める。何種類かブレンドした茶葉を用意したら、エレンがかわいらしくラッピングしてくれた。鮮やかなグリーンのリボンで結ばれた包みを手にして、これで準備万端だと微笑んだ。

しかし、お茶会の十分前に重大なことを忘れていたと思い出す。

（はっ！　待ってください。私がブレンドしたお茶を喜んでもらえて浮かれていましたが、マードリック公爵様とお茶をするということは、わずかな失敗も許されない緊張マックスのお茶会ということでは……⁉）

そんな名無しに、無情にも「お時間でございます」とエレンが声をかけてきた。

青い空に浮かぶ白い雲がゆっくりと流れ、穏やかな風がマードリック公爵家の庭園の木々を揺らしている。時折聞こえる鳥のさえずりが耳に心地よく、名無しとシルヴァンスが座る東屋を寛げる空間にしていた。

しかし、当の名無しはリラックスの対極にいる。目の前のシルヴァンスにボロを出さないように、必死に取り繕っているのだ。

「本日はお茶の時間にご招待いただきありがとうございます。マードリック公爵様にお茶を気に入ってもらえたと伺いましたので、こちらをご用意いたしました」

そう言って、名無しは鮮やかなグリーンのリボンがかかった包みをそっとテーブルの上に置く。

「こちらの茶葉は思考回路をクリアにしてくれる効果があります。研究中の気分転換に最適かと思いますので、よろしければお試しくださいませ」

「……ああ」

名無しはブレンドしたお茶を気に入ったと聞いていたが、シルヴァンスの反応は鈍い。ここまでボロは出していないはずだが、シルヴァンスの考えが読めなくて困惑する。

会話が続かず沈黙が流れ、名無しは話題を捻り出そうと懸命に考えた。

(……それにしてもマードリック公爵様がこんなに心血を注がれる研究とは、いったいどのようなものなのでしょうか？)

名無しは新聞や本から知識を得るのが好きだ。それだけ好奇心が旺盛なのでどんなことにも興味を持ち、自分の世界が広がっていくのが楽しい。

その好奇心のまま名無しはシルヴァンスに尋ねた。

「ところで、マードリック公爵様はどのような研究をされているのですか？」

「君には関係のないことだ」

シルヴァンスは名無しの問いを冷たく一蹴しようとした。

大抵の令嬢ならここで怯《ひる》んだり怒ったりするのだが、相手は逆境で揉まれ続けた名無しである。あれほど成果を出してきたシルヴァンスが今はどんな研究をしているのか、彼女の好奇心は止められない。

「ですが、マードリック公爵様の研究は素晴らしいので、ぜひお聞きしたいです！」

まったく気を悪くした様子のない名無しの言葉に、シルヴァンスは口を引き結び、なにかを思案している様子でしばし沈黙する。名無しが無理に聞き出そうとするのは失敗だったかと青ざめた頃、ようやくその重い口を開いた。

「……僕が研究しているのは、誰でも魔法を使えるような魔石を作り出すことだ」

「誰でも魔法が使える魔石……それができるのですか⁉」

「ああ。かつてこの世界はさまざまな魔法を使う人間が大勢いたが、今では貴族だけがわずかにその能力を有している。そのため領地内で魔法を使うことで精一杯だが、その原因は魔力不足であると突き止めた。だから魔力さえ豊富にあれば、誰でも魔法を使えるようになる」

この世界では一部の人間が魔力を保有している。その魔力を思いのまま操り、炎や水、氷、雷などさまざまな形に変えて放つのが魔法だ。名無しが暮らすベアール王国では、魔法を使える一族が貴族となり国に貢献しており、平民は魔力を持たない。さらに今では魔力の絶対量が減り、貴族ですら昔のように魔法が使えなくなっていた。

威力の強い魔法を操れるのは王族と伯爵以上の高位貴族のみで、下位貴族は初歩的な魔法しか使えない。マードリック公爵家は雷魔法と氷魔法、フレミング侯爵家は闇魔法を操り有事の際には領地を守ったり、国のために戦ったりしている。

残念なことに名無しは使用人以上の教育をほぼ受けていないので魔法が使えないが、シルヴァンスは魔力も多く、それだけでも国にとって貴重な存在なのは間違いない。

魔力や魔法は遺伝の要素が強いため、国王がマードリック公爵家の血を絶やさぬように躍起になるのも理解できる。

「以前に僕が開発した魔石は、組み込んだ魔法陣へ魔力を流すことで魔法を発動させていた。つまり魔力のない平民は魔石を持っていても使えない。この国の大多数が平民だというのに」

「そうですね……確かに魔力のない人がほとんどです」

二年くらい前の貴族新聞で、ベアール王国の貴族は平民五万人に対してひとりの割合だと読んだ。貴族になるためには魔力が必要なため、どうしても貴族の絶対数が大きく増えることはない。あるとしたら平民として生まれた庶子が魔力持ちで、後に叙爵されるくらいだ。

「この魔石ができれば、平民でも魔法が使えるようになる。そうなれば農業をはじめとした産業の発達から国家の防衛まで大きく発展するだろう。必然的に国が潤い、民の暮らしが楽になる。まあ、国王をはじめ貴族たちは夢物語だと馬鹿にするがな」

シルヴァンスの話す内容を聞いて、ワクワクが止まらない。もしそれが実現したら、この国はとんでもなく豊かになる。

さまざまな記事や本を読んできた名無しは、シルヴァンスの研究が世界を変えると心から確信した。

「すごいです……！　そんな研究を思いつくマードリック公爵様は、本当に天才です！　そして民のために尽くす、とてもお優しい方なのですね」

「……夢のような話だと思わないのか？」

「あきらめずに前向きな気持ちでいれば、いつか夢は叶《かな》います。私はそんな経験をしました」

名無しはずっと憧れていた美しいドレスを着て、美味しい食事をすることができた。お肉の塊も食べられたし、マードリック公爵家で優しく迎え入れられて天国のような暮らしを満喫している。シルヴァンスの夢とは規模が違うかもしれないが、名無しの夢が叶ったことも事実なのだ。

「……そうだな」

そう言ったきり、シルヴァンスは黙り込んでしまう。東屋は再び沈黙に包まれた。

（この沈黙はいったいなんでしょうか⁉　私は日々夢を見ていますが、もしかして失言してしまったかもしれません……‼）

いよいよボロが出そうな名無しは、なにも話すことができなくなり困り果ててしまう。そこでジェイドが見かねて助け舟を出した。

「アリッサ様。よろしければこちらの菓子をお召し上がりください。マードリック公爵家の料理長が作った自慢の焼き菓子でございます」

「はい、ありがとうございます」

名無しは素直にジェイドの言葉に従い、手前にあった平たい焼き菓子を手に取る。今までもお茶と一緒にさまざまなお菓子を出されていたが、名無しは十分すぎるほどの食事で満足していて手を出していなかった。

焼き菓子は丸い形で固く、小さな黒い塊がちりばめられていた。そっと頬張ると、サクサクとした歯応えで口の中にとろけるような甘さが広がる。

（こっ……これは――!?　この美味しい食べ物はいったいなんでしょうか!?）

あまりの美味しさに感動して身動きが取れないでいると、シルヴァンスが訝《いぶか》しげな視線を向けてきた。

「どうした？　そのクッキーになにかあったか？」

「いえ、あまりの美味しさに感動いたしまして……！」

この世にこんな美味しい食べ物があるのかと、名無しは感極まる。お茶と共に出されていたお菓子は、こんなに美味しかったのかと後悔に襲われた。

「クッキーくらいで大袈裟《おおげさ》な。それくらいフレミング侯爵家と変わらないだろう」

シルヴァンスの指摘にハッと我に返る。確かにアリッサならば、こういった焼き菓子を飽きるほど口にしてきたはずだ。

「はい……ですがこちらのク、クッキーは格別です！」

「……そうか。ならばこれも食べてみろ」

差し出されたのは、なにやら漆黒の塊だ。表面は艶々としていて、薔薇《ばら》の花を模している。

そういえば、似たようなお菓子をフレミング侯爵家で見たことがあるかもしれない。

ふわりと甘い匂いがするから、きっと今食べたクッキーのように美味しいのだろうと想像できる。

名無しは思い切って口の中に放り込んだ。

「……っ‼」

咀嚼《そしゃく》した途端、口いっぱいに香ばしくて甘い香りが充満する。クッキーとは違う濃厚な甘さに満たされて、とても幸せな気持ちになった。

「これは、神々がおわす天上の食べ物ですか⁉」

「チョコレートだ。気に入ったなら、好きなだけ食べろ」

シルヴァンスから怪訝《けげん》な表情は消え、呆《あき》れたような笑みを浮かべる。

名無しは次々とチョコレートと呼ばれる菓子を口に入れた。数種類の形があって、それぞれ味わいも違う。中にカリッとしたナッツが入っていたり、甘さが控えめだったり、オレンジの風味がしたり、味わえば味わうほどその美味しさに魅了された。

皿に盛られたチョコレートを食べ尽くした名無しは、ようやく紅茶を飲んでひと息つく。

（はあああ！　なんて美味しいお菓子なのでしょうか……！　こんな素晴らしい食べ物がこの世にあるなんて、初めて知りました！）

名無しがチョコレートを食べて幸せそうにしているのを、シルヴァンスはおもしろそうに見つめていた。

「足りなかったら追加で用意してやる。ジェイド」

「はい、ただいまご用意いたします」

「あっ、いいえ！　もう結構です。すべていただいてしまって申し訳ありません」

空になったチョコレートの皿を見て、名無しは貴族令嬢らしくなかったと青くなる。いくら美味しかったからとはいえ、こんなに一気食いする貴族令嬢など存在しないだろう。

幸せ気分から一転、もう目の前に並べられた美味しすぎるお菓子に手をつける気にはなれない。

「そうか」

シルヴァンスはなおも名無しをジッと見つめ続ける。

（ううう……素晴らしく美味しいお菓子を食べて、夢中になってしまった私が悪いのです！どうか身代わりだとばれませんように……！）

突き刺さる視線を感じて、泣きそうになりながらこの時間が早く終わらないかと名無しは思った。

そんな彼女に、シルヴァンスは質問を投げかける。

「他になにが好きだ？」

「ほ、他ですか……？」

「料理長に伝えてやる」

「ありがとうございます！　それでは……お肉……お肉が好きです。できたら大きな塊のものが……」

先日のチキンステーキが忘れられず、モジモジしながら名無しは正直に話した。

「肉……？」

「はい、お肉です。塊です」

シーンと静まる東屋の空間に、名無しはいたたまれなくなる。

（ああ！　もしかして、貴族令嬢が肉好きなんてダメだったのでしょうか⁉　どうしましょう、なにが正解なのかわかりません‼）

泣きそうになった名無しは俯いて、羞恥に耐えた。しかし、カタカタとテーブルが揺れて、発生源はどうもシルヴァンスのようだと思い顔を上げる。

「ぶふっ……！　まさか料理名じゃなく、食材を言われるとは思わなかったな。くくっ」

シルヴァンスはテーブルに肘をつき、目元を覆って笑いをこらえていた。こらえきれずにシルヴァンスが何度か吹き出すが、そんな様子を見た名無しまで笑いが込み上げてくる。

「ふふ、申し訳ありません。どうしても頭に浮かんだのが、お肉の塊で……あと、できるならビーフシチューも食べてみたいです……」

「ふははっ！　そうか、わかった。肉が好きだと伝えよう。ビーフシチューもな」

「ありがとうございます。ふふっ」

多少貴族令嬢らしくなかったかもしれないが、シルヴァンスが笑ってくれたことで空気が和やかになった。

そこでハッとした様子のシルヴァンスが咳払《せきばら》いして姿勢を正す。緩みきった表情を引きしめ、名無しを鋭く見つめた。

このまま穏やかな時間が過ぎて平和的に終わると思いきや、シルヴァンスが冷ややかな笑みに切り替え名無しに尋ねる。

「それで、君はドレスもなにもかも捨ててきたと聞いたが？」

「はい。こちらに嫁ぎ罪を償うために、すべて処分してきました」

心臓をギュッと掴まれたような感覚に、名無しは青くなった。すべてを見透かすような、エメラルドの瞳は名無しをジワジワと追い詰める。

「ふーん、なるほど。そこまでして僕に取り入りたいのか。研究についても理解したふりして、裏では馬鹿にしていた？」

「馬鹿になんてしていません！　マードリック公爵様の研究が成功すれば、農産業だけでなく、鉱業や運輸業、さらに国の防衛にも活かせるでしょう。ただ、誰もなしえなかった研究ゆえ難しいとは思います」

「だろうな」

「ですが、これまでマードリック公爵様が発表された研究は、いずれも民の暮らしをよくしてきました。ですから、現在の研究も必ず成功すると確信しています」

名無しはシルヴァンスが結果を出すと信じて疑わない。そんな名無しの言葉は不思議と説得力があり、シルヴァンスは両目を見開いた。

「……そう、か」

「はい。マードリック公爵様はそれだけの才能をお持ちです。妙な噂が流れているのも、なにか誤解を受けてのことでしょう」

「……本当に、僕の研究が成功すると信じているのか？」

シルヴァンスは視線を逸らさず、探るように名無しを見つめる。

「はい。いつも民のために研究をするマードリック公爵様だからこそ実現できると、夢は叶うと信じています」

名無しの言葉が風に運ばれ、青く澄み切った空に霧散した。木々の葉のさざめきと、心地よい風がふたりの間をすり抜ける。

「……ここに来てくれたのが、君でよかった」

シルヴァンスはそう呟き、笑みを浮かべる。だが、その笑みは少しでも触れた途端に崩れそうなほど儚《はかな》く見えた。ずっと孤独に耐え続け、やっと理解してもらえて安心したような、そんな微笑みだ。

名無しはシルヴァンスの冷酷な態度の理由が、なんとなくわかったような気がした。

（もしかして、マードリック公爵様は理解されずに、ずっと孤独だと感じていたのでしょうか？　それなら私と同じです……）

フレミング侯爵家で名無しに寄り添う存在はいなかった。それが当たり前だったから、特に悲しいとも寂しいとも、つらいとも思っていない。

　だけど、心細い時はあった。高熱を出して寝込んだ時、初めて与えられた仕事をひとりでこなす時、右も左もわからないのにアリッサの身代わりで放り出された時。

（……マードリック公爵様はきっと、誰にも信じてもらえなくて自信をなくしているのですね。自信がないと不安になってしまって、屋敷にこもってしまうのも頷けます）

　貴族向けの新聞記事には、ほぼ真実が書かれている。記者たちはそれだけの裏づけを取ってから記事にしないと、あっという間に貴族たちに訴えられて莫大《ばくだい》な損害賠償を支払うことになるからだ。以前、掲載された記事の訴訟問題が一面に大きく載っていたことがあった。

　だから名無しは貴族向けの新聞記事については、信頼に値すると知っている。つまり貴族新聞に書かれていた、マードリック公爵が屋敷にこもって研究ばかりしているというのは事実なのだ。

「マードリック公爵様……」

「シルヴァンスだ」

「はい？」

　名無しはシルヴァンスの言いたいことがすぐに理解できず、思わず聞き返した。

「もう婚姻宣誓書を提出して夫婦になっている。君は夫を家名で呼ぶのか？」

「いえ！　大変失礼いたしました。シルヴァンス様」

「うん、それでいい」

シルヴァンスはふわりと微笑む。

もともと神々しいほど美しい容姿をしているシルヴァンスが誰にも見せないような笑みを浮かべたので、その破壊力はとんでもない。

（はうっ！　なんて素敵な笑顔でしょうか……⁉　こんな風に微笑まれたら、どんな女性も虜になってしまうのでは⁉）

おかしなほど不規則になってしまった心臓のあたりを手で押さえ、名無しは息をするのも忘れてしまう。

（い、いけません！　私はアリッサ様のために罪を償い、フレミング侯爵家に戻るのですから！　そうです、二年だけここで過ごせば……こここ、こんなに素敵なシルヴァンス様と二年も同じ屋根の下で暮らす⁉）

自分の思考でさらにパニックになりそうな名無しは、大きく深呼吸した。一度気持ちを落ち着けて、すこぶる美味しいクッキーを紅茶で流し込む。

「シ……シルヴァンス様。研究が成功するよう、陰ながら祈っております」

「ありがとう。では、これから毎日、お茶の時間はここに来い。それと今夜から夕食は食堂に用意させる」

衝撃の提案に名無しはヒュッと息を呑んだ。シルヴァンスがどうしてその発想になったのか、まったく理解できない。むしろその提案は研究の邪魔になるのではないかと思ったくらいだ。

シルヴァンスとの接点が増えるほど嘘がばれやすくなるので、できればもう少し慣れてからにしてほしいと名無しは思う。

「……ですが、研究でお忙しいのではないですか？　シルヴァンス様に無駄な時間を割いていただくわけにはまいりません」

確か最初に無闇に近付くなと釘を刺されたはずだ。名無しはこんな緊張状態がまたやってくるのかと、心臓がギュッと握り潰された感覚に陥る。

「確かにそう言ったが、王命に従っているふりも必要だ。無駄ではない」

「そ、そうですね。おっしゃる通りです。では、夕食の時間を楽しみにしています」

シルヴァンスとの食事やお茶の時間を断る理由がひとつもない名無しは、引きつった笑みを浮かべて頷いた。

＊＊＊

その頃、アリッサは名無しがいなくなったフレミング侯爵家で暇を持て余していた。

「ねえ、お父様、お母様、こんなに屋敷に閉じこもっていては暇で仕方ないわ」

「だが、アリッサはマードリック公爵家へ嫁いだことになっているのだ。外出は許可できん」

「そうねえ、早く名無しが戻ってくればいいのだけど。ねえ、あなた、早く子供を産んでくるように名無しに手紙は出せない？」

「そうだな……」

ベリンダの問いかけで、モーゼスは謁見室でのやり取りを思い出す。

娘アリッサのことで王城に呼び出しを受けたのは、およそ二カ月半前のことだ。


国王の謁見室にアリッサと一緒に呼び出され、中央のレッドカーペットを歩かされたモーゼスは何事かと思っていた。その場には国王をはじめ、右腕である宰相、マードリック公爵やその他の高位貴族たちが並んでいる。

そこでモーゼスは国王からアリッサが宰相の娘の婚約者と懇意になり、破談になったと聞かされた。明確な証拠を見せられ、他にもアリッサが原因で婚約解消したカップルが多数いると言う。

それがあまりにも悪質だと判断され、アリッサは処罰の対象になったのだ。

『わたしが処罰されるなんて……!』

『そんな……確かに美しい娘ですから男を惑わせるほど魅力的だったのでしょう。ですが、アリッサだけが罰せられるのは納得がいきません!』

そもそも婚約者がいるのにフラフラと心変わりする男と、婚約者を繋ぎ止められない女が悪いのだとモーゼスは思っている。モーゼスがそんな風に庇《かば》う様子を見て、アリッサはホッとした顔を見せた。

だが、話の流れはモーゼスたちの思った方向へは進まない。

『もちろん浮気した令息たちもすでに多額の慰謝料を支払い、ある者は国外へ追放され、ある者は家から勘当され平民になり、それぞれ罰を受けておる』

二百年前に王妃が従僕との子を身籠り、王室を混乱に陥れたことがあった。それからベアール王国では、不貞を働いた者には厳しい処罰が下されるようになったのだ。

（もうダメだ、アリッサの処罰は免れない……美しく生まれたアリッサに罪はないというのに！）

アリッサの処罰を受け入れるしかないと、モーゼスは歯噛《はが》みする。ここまで証拠が揃っていては反論することもできなかった。隣のアリッサもさすがに国王の前では感情を抑えているのか、拳を握りしめ納得いかないと言わんばかりに顔を歪《ゆが》ませている。

モーゼスとアリッサは項垂れたまま国王の言葉を待った。

『フレミング侯爵の娘をマードリック公爵へ嫁がせ、世継ぎを残すのだ。数多《あまた》の男を虜にするほどの女なら、シルヴァンスをその気にさせるのも簡単であろう』

まるで娼婦《しょうふ》のような言い草にモーゼスのはらわたが煮えくり返ったが、グッと反論をこらえる。

マードリック公爵といえば、現国王の甥で冷酷で人体実験にも手を出すマッドサイエンティストだと有名だ。以前は素晴らしい功績を残したが、今では馬鹿げた研究に夢中で結婚どころか恋人すらいないと噂されている。

モーゼスは左側に並んでいるシルヴァンスへ視線を向けるが、誰もが見惚《みと》れる美貌なのに冷めた表情を浮かべ感情がまったく読み取れない。

アリッサはシルヴァンスに興味がないのか、俯いたまま屈辱に耐えている。

（つまり、アリッサを使ってマードリック公爵の血筋を残したいということか……）

まともな親なら決して娘をあんな男の嫁には出さない。だからこそ、アリッサが嫁いで子を産めば罪滅ぼしになるのだ。

『なに、シルヴァンスと生涯添い遂げろとは言わん。子を産みさえすれば罪は償ったと認める』

『子を産めば……』

モーゼスはレッドカーペットに視線を落としたまま考えた。

（子を産んで罪を償い、すぐに離縁すればおそらく二年もあれば解放されるだろう。他国への追放や、修道院で生涯を終えることを考えると、こちらの方がマシか）

嫁ぎ先は誰もが忌避するマードリック公爵家だが、数年で帰れる可能性が高い。再婚相手は選べないだろうが、富裕層の平民も視野に入れればアリッサには満足のいく暮らしをさせられるだろう。

（いや、待て。もっといい方法があるじゃないか……！）

その閃きが決定打となり、モーゼスは心を決める。

『承知いたしました。アリッサをマードリック公爵家へ嫁がせます』

モーゼスはそう宣言したのだった。


「ねえ、お父様！　聞いていらっしゃるの⁉」

アリッサの甲高い声で、モーゼスは思考を現実に戻す。

「ああ、聞いているさ。そうだな……手紙を書くくらいなら問題ないだろう」

「本当⁉　お父様お願い、名無しに一日も早く戻ってくるように言ってちょうだい！　ストレスの捌《は》け口もなくて、イライラが募るばかりなの！」

アリッサは名無しがいなくなったことで、以前のように感情をぶつける先がなくなり鬱憤が溜まるばかりだ。それはモーゼスも同じだったので、アリッサに深く同情する。

「ああ、わかったよ。だが、もし名無しが偽物だと知られたら、王命に背いたとされ私もただでは済まない。アリッサにはつまらないだろうが、しばらくは耐えるのだぞ」

「そんな……耐えられるか自信ないわ」

「いざとなったら、わたくしが変装でもさせて連れ出しますわ。それくらいは構わないでしょう？」

「だが、まだダメだ。もう少し時が経つのを待つのだ」

当主であるモーゼスの許可が下りるまで、アリッサはつまらない日常を過ごすことになった。

＊　＊　＊

お茶会を終えて研究室に戻ったシルヴァンスは、珍しく鼻歌を歌いながら名無しの髪と同じ真紅に光る魔石を手にした。

「ははっ、久しぶりに笑ったな」

シルヴァンスの脳裏には、チョコレートを次々と口に運び、肉の塊が食べたいという名無しの姿が浮かぶ。

（彼女の目的を探らなければならなかったのに、あまりに反応がおもしろくて、つい気が緩んでしまったな。それに、僕の研究が成功すると信じきっているようだった）

研究室には高濃度の魔力を含んだ魔石が国中から集められ、産地や種類ごとに箱で積まれている。シルヴァンスは魔石をミックスしたり、その配分を変えたりして魔法の検証をしていた。魔石から魔力を放出させるところまではきているが、魔法として使うには形になっていないのが現状だ。

「シルヴァンス様、あのような約束をしてよろしいのですか？」

後ろについてきたジェイドが心配そうに尋ねる。ジェイドをはじめ、数人の限られた使用人はこの研究室への立ち入りを許可されていた。

それはシルヴァンスの信頼の証と言っても過言ではない。

「夕食やお茶のことか？　こちらの都合でいつでもやめられるから問題ない」

「そうですか……」

「なにが言いたい？」

いつもはどんなことでもはっきりと口にするジェイドが、珍しくなにか言いたそうに口を閉じる。シルヴァンスはジェイドの思うところが気になり、鋭く問いかけた。

　ジェイドは観念したように本心を吐露する。

「あの方は本当にアリッサ・フレミング様なのでしょうか？」

「さあな。だがおもしろかった」

「おもしろかったのはわかりますが、もし偽物だったら……」

「言いたいことはわかった。面倒だが手を打つか」

　シルヴァンスは天才的な頭脳で、名無しの所作をひとつ残らず思い出す。

　うまく取り繕っていたが教育を受けた侯爵令嬢の所作にしてはぎこちなく、以前夜会で見かけたアリッサと顔は瓜ふたつだが真逆のことを言っていた。

　直接言葉を交わしたわけではないが、確かにアリッサは、シルヴァンスの研究について『夢だけでやっていけないわよ。そもそもそんな研究が成功するわけがないわ』と他の令嬢たちと話していたのだ。

　その時点で研究内容を知っている様子だったのに、お茶会で尋ねてきたことも引っかかる。他に話題がなかった可能性もあるが、それならもっと別の言い方をするのではないだろうか。

　確信に近いものはあるが、不確定要素があるままではことを進められない。

「それでは早急に調査し、もし偽物であれば即座に訴えましょう」

「いや、すぐに訴えるつもりはない」

　シルヴァンスにとって、名無しが偽物だろうが本物だろうが関係なかった。誰もが嘲笑するシルヴァンスの研究を馬鹿にせず、認めてくれたのは彼女だけだ。

（認めてもらえなくても気にしないつもりだったけど……全肯定されてこんなに嬉しいとは思わなかった）

保身のためでも、シルヴァンスを不憫に思ったわけでもなく、名無しなりの確固たる理由を持ってシルヴァンス自身をも認めてくれた。それがシルヴァンスにとってどれほど嬉しかったのか、名無しは知らない。

「ですが偽物だった場合、マードリック公爵家を騙したのですから許せません！　それに、事実を隠し王命に背いたとなれば、シルヴァンス様も罰を受けます！」

「ジェイド、それは心配ない。僕に考えがある」

「っ！　失礼いたしました」

「それがジェイドの忠義だとわかっている。それにしても……彼女に出会えたのは僥倖《ぎょうこう》だ」

名無しがシルヴァンスを認めたことで、彼に眠っていたある感情を刺激した。

シルヴァンスはその天才的頭脳ゆえ夢中になれるものがなかった。文学も計算も科学もなにもかも簡単すぎて、すぐに興味が薄れる。そこで出会ったのが、新しい技術の開発だった。未知のものに挑む楽しさに夢中になり、数々の成果を上げてきた。

（妻なんて僕には必要ないと思っていたけれど……）

研究ばかりの毎日を過ごして気付いたことがある。シルヴァンスは一度心を掴まれたら、驚くほど執着するのだ。それこそ寝食を忘れて深く深くのめり込む。今まで人間に対してそう感じたことはなかったが、名無しはシルヴァンスの心に触れてしまった。

（彼女は絶対に手離さない。だけど、一般的な菓子も口にしたことがないとは、彼女には不可解なところもある）

そこでシルヴァンスは紙にサラサラと書き記し、ジェイドに手渡す。

「ジェイド、まずはこれを調べてくれ」

名無しの運命は、策略を巡らすシルヴァンスの掌中に握られていた。

第三章　リリーベルに込めた想い

「アリッサ様、フレミング侯爵様より手紙が届いております」

「えっ、そうですか。ありがとうございます」

名無しはエレンから手紙を受け取りすぐに読みはじめる。内容は役目をちゃんと果たし、一日も早く子を産んで帰ってこいというものだった。

（それならもう心配ありません。旦那様には言えませんが、二年で確実にお屋敷に戻れるのですから）

名無しはうまく言葉を選び、問題ないから安心してくれという旨の返事を書いてエレンに送ってもらった。

あれから十日経ち、名無しは毎日シルヴァンスと顔を合わせ、お茶や食事の時間を共にしている。何度も顔を合わせているうちに、名無しはだんだんと緊張しなくなってきた。

（それもこれも、シルヴァンス様が私を温かく受け止めてくださるからですね……！）

マードリック公爵家で出される食事やお菓子は初めて口にするものが多く、名無しは毎回感動しながらいただいている。シルヴァンスはそんな名無しをいつも興味深そうに見ていた。

今夜こそ平常心でいただこうと決意した名無しが食堂へやってくると、すでにシルヴァンスは席に着き本を読んでいる。

「シルヴァンス様⁉　お待たせして誠に申し訳ございません‼」

　この屋敷の主人であるシルヴァンスを待たせていたことに焦り、名無しは腰を九十度に折って謝罪した。フレミング侯爵家では主人やその家族を待たせると、激しく叱責されていたのでシルヴァンスを怒らせてしまったと思ったのだ。

「大袈裟すぎる。いいから、席へ着け」

「はい……申し訳ございません」

　その日の夕食はシルヴァンスを待たせてしまったことで気落ちしてしまい、席に着いてからも俯いたままだ。シルヴァンスは明らかに落ち込んでいる様子の名無しを見かねて声をかけた。

「僕が時間より早く来るのは気分転換も兼ねているんだ。だから今後、君が後から来ても気にする必要はないし、謝罪も必要ない」

「ですが、やはりシルヴァンス様を待たせるのは……」

「その僕がいいと言っている。この件については二度と謝罪するな」

　名無しはその言葉に驚いてシルヴァンスへ視線を向けた。謝罪しろと言われたことは何度もあるが、謝罪するなと言われたのは初めてだ。

（もしかして、私が後から来たことは本当に怒っていらっしゃらないのでしょうか……？）

　不機嫌な表情ではあるが、フレミング侯爵家の面々とはまるで違う。蔑んだり馬鹿にしたりする素振りはいっさいない。

「ほら、今日はビーフシチューだ。好きなだけ食べろ」

「ビーフシチュー……まさか、夢のビーフシチュー⁉」

少々ぶっきらぼうにメニューを伝えるシルヴァンスの言葉で、名無しは運ばれてきた皿に集中する。湯気が立つブラウンのスープに大きな肉や野菜が沈み、純白の生クリームとのコントラストが食欲を刺激した。

すっかりビーフシチューに夢中になっている名無しを見て、シルヴァンスはふっと笑みを浮かべる。

「そうだ。だから、そんな風に落ち込んでいてはもったいないだろう」

「はい……！　では、いただきます！」

そうして、気が付けば食事は三食とも共にしており、名無しはいつの間にかシルヴァンスとの食事も楽しみになっていた。

「お疲れさまです、シルヴァンス様」

名無しが夕食の時間に食堂へとやってくると、いつものようにシルヴァンスが席に着いている。シルヴァンスが先に来ていたとしても『二度と謝るな』と言われたので、労《ねぎら》う言葉をかけることにした。

これは問題ないようでシルヴァンスは毎回、機嫌よくメニューを教えてくれる。

「今夜は君の好きなステーキだ」

「ス、ステーキ！　ああ、急にお腹が空いてきました」

「ははっ、思う存分食べればいい」

「はい、ありがとうございます！」

シルヴァンスは優しげな笑みを浮かべ、名無しは夢中でステーキを頬張る。使用人たちも幸せそうに食べる彼女を見守り、食堂は温かな空気に包まれた。

お茶の時間もシルヴァンスと楽しく過ごせるようになり、目新しいお菓子が用意されると名無しは喜びを隠しきれない。

ある日のお茶の時間は、クリームがサンドされたカラフルな丸い焼き菓子がかわいらしく盛りつけられていた。色違いの焼き菓子を全種類味わい、名無しはふにゃりと表情を崩す。

「こっ！　これはなんというお菓子でしょうか⁉」

「マカロンだ」

「マカロン……！　名前からしてかわいらしいのですね！　しかも色ごとに風味が変わって、とても美味しいです……‼」

「そうか、気に入ったか」

キラキラと金色の瞳を輝かせて喜ぶ名無しを見るのが、最近のシルヴァンスの楽しみになっていた。次はなにを食べさせようかと考える時間も楽しい。

「はい！　この緑色の味が一番好きです！」

「それはピスタチオだ。次回は緑を多めに用意するよう言っておく」

「本当ですか⁉　ありがとうございます！」

なにを用意しても嬉しそうに美味しそうに食べる名無しを見て、シルヴァンスは穏やかな笑みを浮かべる。ジェイドもエレンもニコニコと笑いながらふたりを見守り、それが日常の光景となりつつあった。

名無しがマードリック公爵家へ来てからちょうど一カ月経ち、いつものようにお茶の時間を迎える。

しかし、この日はなにもかもが違った。

シルヴァンスの執務室へ場所を変更され、入室した瞬間からピリッとした緊張感が漂っている。エレンは扉の前で別れて名無しの私室へ戻っており、執務室にはジェイドとシルヴァンスがすでに待機していた。

明らかにいつもと違う雰囲気に名無しは戸惑う。

「シルヴァンス様、お疲れさまです」

名無しはなんとか挨拶の言葉を絞り出し、初日と同じようにソファーにかけた。いつもなら笑みを浮かべて挨拶を返すのに、シルヴァンスは無言のままテーブルを挟んで名無しの正面に座る。

（これは、どういうことでしょうか……？　もしかして、気付かぬうちに粗相をしてしまったのでしょうか⁉）

名無しはシルヴァンスの仕草をつぶさに観察した。

いつもは柔らかな笑みを浮かべているのに、今日は無表情のままで感情が読めない。数十枚の書類の束をジェイドから受け取り、パラパラとめくっている。確認が済んだのか、シルヴァンスが名無しに視線を向けた。

「さて、今日は君に話があってこちらへ来てもらった」

「はい、お話とはなんでしょうか？」

わずかに声が震えたが、名無しは背筋を伸ばしたまま問いかける。シルヴァンスは初日のように鋭い視線を名無しに向け、書類をテーブルの上に置いた。

「これを読め」

シルヴァンスに命じられるまま、名無しは書類に目を通していく。

書類には二十年前、フレミング侯爵家で赤子を取り上げた医師の証言が書かれていた。ベリンダが懐妊してからの経過は順調だったが、双子と判明したこと、陣痛が長引いたが無事にふたりの女児を産んだことも書かれている。

これが名無しとアリッサのことだと即座に理解した。さらに書類には、双子のその後の様子が書かれている。姉はフレミング夫妻に大切に育てられ、妹は存在すら認められず名前もないまま使用人以下の暮らしをしてきたと詳細が載っていた。

（これは、つまり……）

名無しの思考に被せるようにシルヴァンスが口を開く。

「君が身代わりだと、この僕が見破れないとでも思ったのか？」

シルヴァンスは、冷え冷えとした視線を名無しに向け、長い足を優雅に組んでいる。彼女がこんなに冷酷な表情のシルヴァンスを見るのは初めてだ。

静かに怒るシルヴァンスがあまりに恐ろしく、慌ててソファーから降りて土下座する。

「シルヴァンス様、た、大変申し訳ございません……！」

「僕たちが交わした契約は無効だな」

シルヴァンスは名無しのすべてを手に入れるための一手を打った。底なしの執着を見せるシルヴァンスは目的のため冷酷な公爵の仮面を貼りつける。

（あああああ！　旦那様から、あれだけ隠し通すように言われてきたのに、あっさり身代わりだとばれてしまいました……！　どうしましょう――⁉）

わずか一カ月ほどで最大の秘密を暴かれ、名無しはサーッと血の気が引く。

指の先はすでに温度を感じないほど冷えきっていて、名無しの全身からだらだらと冷や汗が流れる。

「今後どのような生活が待っていても、自業自得だ」

「はい、シルヴァンス様のおっしゃる通りでございます」

名無しは素直に認め、ただただ許しを乞うしかないと考えた。なにも持たない名無しが他にできることはない。カーペットに額をこすりつけていると、向かいのソファーからシルヴァンスが立ち上がり一歩、また一歩と名無しへ近付いてくる。

「……王命を欺き、僕を騙した罪は重い。覚悟はいいか？」

シルヴァンスがさらに声を低くすると、名無しがビクッと身体を震わせた。黒い笑みを浮かべているが、カーペットに平伏している名無しは気が付かない。

「……はい」

抵抗する気がないのか、名無しは静かに顔を上げ目の前までやってきたシルヴァンスを見上げた。強い覚悟を秘めた金色の瞳があまりにも綺麗で、シルヴァンスは視線を逸らせない。

しばしふたりは静かに見つめ合った。

マードリック公爵家に来てからの暮らしが甦り、名無しは与えられた幸せをしみじみと噛みしめる。やがてここが人生の終着地なのだとあきらめの境地に達した。

そんな名無しにシルヴァンスは数枚の書類を差し出す。

「では、改めてこちらの書類にサインをしてもらおう」

「はい……承知いたしました」

書類に目を通す名無しになにか変化はないかと、シルヴァンスは注意深く観察した。読み進めるにつれて名無しは混乱しだし、困惑した表情を浮かべシルヴァンスに訴える。

「え、あの、これは婚姻宣誓書です。正しい書類をお願いいたします」

「それで間違いない。君の名前でサインしろ」

シルヴァンスはそう告げて名無しにペンを差し出した。ほくそ笑みそうになるのをこらえ、あくまでも冷酷で怒りに満ちているように振る舞う。怯《おび》えさせるのは心苦しいが、こうすれば名無しが逆らうことなくサインすると見越してのことだ。

「あの、私はシルヴァンス様を騙した罰を受けるのではないですか？」

「公爵家当主の僕と結婚して、役目を果たしてくれれば問題ない」

名無しは、最初に契約結婚を持ちかけられたことを思い浮かべた。

『二年間、白い結婚を続けてくれたら、君は罪を償ったものとして離縁する。もちろん、その後の生活も保障しよう』

（それに、シルヴァンス様は王命に迷惑しているともおっしゃっていました……）

つまり、シルヴァンスにしてみたらアリッサだろうが名無しだろうが、とにかく妻を娶って子供が作れなかったと言い訳できればよいのだ。それなら、すでに了承を得ている相手と契約を結び直せば確実で無駄がない。

「なるほど……！　承知いたしました！　シルヴァンス様を騙したことをお許しいただけるなら、私のできることはなんでもいたします‼」

「なんでも……？」

意味を理解して言っているのか疑問に思うが、どちらにしてもシルヴァンスにとっては都合がいいことに違いない。当初に立てた計画に変更が必要か、またどのように扱えば最大の効果を発揮するか、シルヴァンスは頭の中で瞬時に計算する。

「はい、なんでもです！　掃除洗濯下ごしらえは得意ですし、人体実験が必要な時は……いえ、むしろ人体実験の際にはぜひ私をお使いください！　ご不安であれば、契約書にも記載してください！」

さまざまな可能性を弾き出し、シルヴァンスは目の前にやってきたチャンスを即座に掴んだ。

「ジェイド、なんでもすると言ったことを盛り込んでおけ」

「シルヴァンス様……よろしいのですか？」

「本人が言うのだから問題ないだろう」

「……承知いたしました」

シルヴァンスの右腕であるジェイドからは不憫だと言わんばかりの視線を向けられたが、名無しにしてみたらここは天国だからなんの問題もない。罪を償う条件が子供を作ることだったが、その必要がなくなったのでどんな内容の実験でも参加できる。五体満足な方がいいけれど、生きていけるなら多少の不便は仕方ないと腹を括った。

シルヴァンスに促されソファーへ座り直し、いざ署名しようとしたところで名無しの手が止まる。

「どうした？　やはりサインしたくないのか？」

「いえ……どうしましょう。私、名前がないのです。なんとサインしたらよいでしょうか？」

「ああ、そうだったな」

書類を読んだシルヴァンスは、名付けすらされず『名無し』と呼ばれてきたと知り、心を痛めていた。だから実は密かに考えていたことを、たった今思いついたように提案する。

「……では僕が名付けてもいいか？」

「えっ！　シルヴァンス様が名付けてくださるのですか⁉」

「嫌なら自分で考えろ」

名付けるとは提案したものの、名無しがあまりに驚いたので踏み込みすぎたかとシルヴァンスは焦った。そのせいで思わず突き放すような言い方をしてしまう。

「そんなことありません！　ぜひお願いいたします！」

名無しは名前を付けてもらえることが嬉しくて満面の笑みを浮かべた。それもシルヴァンスが自ら名付けてくれるというのだから、どんな名前でも受け入れようと思っている。

大喜びしている名無しを見たシルヴァンスは密かに胸を撫で下ろし、すでに決めてあった名を告げた。

「リリーベル。東方の国ですずらんと呼ばれている白くて小さい花の名だ」

「リリーベル……！　なんてかわいらしい名前でしょうか！　ありがとうございます！」

琥珀のような金色の瞳が潤んで、名無しの視界がぼやける。

名前を与えられ、初めてこの世界に認められた気がした。

ここにいてもいいのだと、フレミング家の奴隷としてではなく、ひとりの人間として存在していいのだと思えた。

涙なんてとうの昔に涸《か》れ果てたはずなのに、こんなことで涙腺が復活するとは思っていなかった。気が付かないうちに寂しさや悲しみが、名無しの心の奥に降り積もっていたのかもしれない。

幸せの見つけ方をソニアに教わり、ひとりの人間としてシルヴァンスが名前を与えてくれた。

そのことが苦難多き人生を歩む名無しの活力となる。

こうして名無しは、この瞬間からリリーベルとして生きていくことになった。

「リリーベル……ふふ、とても素敵です」

こぼれそうな涙を拭いて、シルヴァンスとの婚姻宣誓書にリリーベル・フレミングの名を書き記す。シルヴァンスはスペルに間違いがないか確認してから、次の書類の説明に進んだ。

「この契約のことを口外した場合、即座に契約無効となり厳罰を受けることになるから、相手が誰であろうと決して話すな」

「承知いたしました！　このお役目しかと果たしてみせます！」

「そうか。ではこちらにもサインを。先ほどの『なんでもする』という宣言も盛り込んである」

「はい、サインいたしました！」

思い通りに事が運びシルヴァンスが黒い笑みを浮かべているが、決意に満ちたリリーベルはまったく気が付いていない。

シルヴァンスは咳払いをして、リリーベルに声をかけた。

「リリーベル」

「は、はいっ！」

初めて名前を呼ばれてリリーベルの心が弾む。嬉しくて顔が緩んでしまったが、それを見たシルヴァンスは穏やかに微笑み、言葉を続けた。

「これからは国王にも、僕たちが夫婦として円満だと見せる必要がある。夜会にも出席する機会があるし、そのための勉強も必要になるから頑張ってくれ」

「はい、全力で挑みます！」

確かに今のリリーベルでは公爵夫人としての作法も、社交界で言葉を交わすための知識もなにもかもが足りない。でも好奇心旺盛なリリーベルは勉強するのが楽しみだ。新しい知識が増えることも、自分が知らなかった世界を知ることも想像しただけで楽しくて仕方ない。

「それと、左手を出せ」

シルヴァンスに言われるままリリーベルが左手を差し出すと、薬指にそっと指輪が嵌《は》められた。銀色の指輪には緑色の宝石が装飾され、シルヴァンスの左手の薬指にもキラリと輝く金色の宝石がついた対の指輪が輝いている。

指輪は緩やかな曲線を描き、それに沿って配置された宝石がキラキラして眩《まぶ》しい。マードリック公爵家で用意する指輪だけあって、見ているだけでほうっとため息が漏れるほど繊細で優美だ。

「あの、これは……？」

「結婚指輪だ。国王の目を欺くには、やはりこれも必要だと考え直した」

「なるほど！　そういうことだったのですね！　ではいつも必ず身につけておきます！」

「ああ、よほどのことがない限り外すな」

リリーベルはここまでしてくれるシルヴァンスために、どんなことでも乗り越えようと決心した。

そこでふと、シルヴァンスに名付けてもらった、『リリーベル』という名前の由来が気になって尋ねる。

「ところで、どうしてリリーベルにしてくださったのですか？」

「リリーベルの花言葉は、再び幸せが訪れる。他に幸福、純潔、純粋、謙虚、愛らしい、などがある。……君にピッタリだと思った」

　ほんのりと頬を染めながら話すシルヴァンスに、リリーベルの胸が締めつけられキューンとした。

「そんな素敵な花言葉があるのですね。ふふふ、シルヴァンス様のお心遣いがとても嬉しいです……」

　恥ずかしがるシルヴァンスにつられて、リリーベルも頬を染める。ジェイドはそんなふたりをニマニマしながら眺めていた。

（これでマードリック公爵家は安泰だな。まあ、リリーベル様はこれから大変だろうけど、頑張ってもらうしかない……エレンにもリリーベル様の名前について業務連絡しておくか）

　ジェイドが調査結果を初めて見た時、リリーベルのあまりにも悲惨な状況に言葉が出なかった。むしろどうしてあんなに笑顔でいられたのかと思ったほどだ。今ではエレンと同様に、リリーベルを心から受け入れている。

　主人の強い執着を知るジェイドは、リリーベルに申し訳ないと思いつつシルヴァンスの幸せを祈るのだった。

それからすぐ、リリーベルはシルヴァンスから研究所への立ち入りを許可された。研究室にあるサンルームでリリーベルのお茶を飲みたいと、シルヴァンスが言い出したからだ。

「こっちだ。足元には機材が転がってるから気を付けて」

「はい。……わあ、ここがサンルームですか？」

リリーベルが通されたのはシルヴァンスが主に過ごす研究室に隣接している、一面ガラス張りの温室のような部屋だった。

天井からは穏やかな春の日差しが降り注いでいる。中央に置かれた白いテーブルと鮮やかなグリーンのソファーを囲うように、鉢植えの植物が並んでいた。植物は白い大ぶりの花を咲かせて、室内を華やかにしている。

「とても素敵な空間ですね……！」

「研究中はよく煮詰まるから、僕がリフレッシュできるようにしてある」

「まあ、シルヴァンス様でもそんなことがあるのですか？」

「悩みもせず成し遂げられる研究なんてない」

シルヴァンスの言葉にリリーベルは驚きを隠せない。これほど頭脳明晰《めいせき》なシルヴァンスですら、悩みながら研究を進めているというのだ。

（そうだったのですか……研究とは奥が深いのですね）

リリーベルはシルヴァンスの研究内容については細かく理解できないが、せめて悩みが深くならないよう支えたいと考える。

「それなら、頭がスッキリして、心が落ち着くお茶をブレンドいたします。組み合わせによって効能が変わるので、私も試行錯誤してみます」

「へえ、リリーベルはお茶の研究をするのか」

そう言われてみれば、お茶のブレンドの配分を変えるのは研究みたいだとリリーベルは思った。まるでシルヴァンスと同じだ、と言われたようで嬉しくなる。

「はい、シルヴァンス様を見習いまして、その道を極めようかと思います」

「ははっ、いいな。僕は魔石、リリーベルはお茶の研究だ」

「では早速、お茶を淹れますね」

リリーベルはシルヴァンスの顔色を見て、茶葉をブレンドしていく。

(少し目の下にくまがあるから、あまり眠っていないのかもしれませんね。それなら疲労回復と、入眠効果のあるハーブを合わせて仮眠できるようにしましょう。少しだけでも眠ったら、きっとスッキリするはずです)

用意してきた茶葉の分量を変えながらポットに入れて、魔道具で温められた適温のお湯を注ぎ込んだ。ふわりと優しい香りが漂い、それだけで心が落ち着いていく。リリーベルがお茶を淹れている間に、テーブルには美味しそうなお菓子が並べられた。その中で、薄いパイ生地の間にクリームといちごがサンドされ、上にも大粒のいちごが乗せられているケーキにリリーベルの視線が止まる。

「まあ、そのお菓子は初めて見ます！　なんと言うのでしょうか？」

「これか？　ミルフィーユだ」

「ミルフィーユ……！」

瞳をキラキラさせるリリーベルを見て、シルヴァンスが笑いをこらえながら皿に取り分ける。お茶を淹れ終えたリリーベルはシルヴァンスと反対側のソファーにかけ、ミルフィーユをいただこうと真上からフォークを入れた。

しかし、うまくフォークが刺さらずにパイ生地を押し潰し、クリームといちごがはみ出してしまう。

「ああっ！　崩れてしまいました……！」

今にも泣きそうな表情で固まるリリーベルに、シルヴァンスが笑いをこらえきれず吹き出した。

「ふははっ！　あー、すまない。その、僕も子供の頃に同じ失敗をしたから思わず笑ってしまった。ミルフィーユを崩さない食べ方があるんだ」

「そうだったのですね。シルヴァンス様はどのようにしてミルフィーユを召し上がるのですか？」

「こうしてミルフィーユを倒して、フォークとナイフで食べればいい」

「なるほど！　これは目から鱗《うろこ》です！」

リリーベルはテーブルマナーの教育で美しく食べるための所作のみを仕込まれたので、こういったケーキの食べ方までは教わっていない。シルヴァンスの真似をして、潰れてしまったミルフィーユをそっと皿に倒してひと口頬張った。

（はうあ～～っ！　このケーキも天上の食べ物みたいに美味しいです～!!）

いちごの酸味とクリームのまろやかな甘さ、それにサクサクのパイ生地が合わさり最高のスイーツに仕上げられている。リリーベルはフォークが止まらず、あっという間に平らげた。

「気に入ってくれたみたいだな」

「はい！　どれも美味しくいただいていますが、これは特に好きかもしれません」

嬉しそうに笑うリリーベルを見つめるシルヴァンスの視線はとても優しく、外ではいつも一文字に結んでいる口元が緩く弧を描いている。

そうしてリリーベルがふたつ目のミルフィーユに集中してじっくり味わっていると、あまりにもシルヴァンスが静かなことに疑問を感じて視線を上げた。

（まあ……！　シルヴァンス様が眠っていらっしゃいます！）

よほど疲労が溜まっていたのか、シルヴァンスはソファーの背もたれに身体を預け眠りこけている。リリーベルが淹れたお茶の効果も相まって、シルヴァンスは眠気に抗えなかったようだ。

クッションを枕にと思い反対側へ移動したがあいにく見当たらず、リリーベルはソファーに腰を下ろし膝の上にシルヴァンスの頭を乗せる。その時にシルヴァンスからグリーンノートの香りがふわりと漂い、リリーベルはこんなに近づいたのは初めてだと思い至った。

少しだけ緊張で身体が強張《こわば》ったが、シルヴァンスはまったく起きる気配がなく徐々に力が抜けていく。

（本当にお疲れなのですね……これで少しはお休みいただけるといいのですが）

リリーベルはシルヴァンスが気持ちよさそうに眠っている顔を見て、寝心地は悪くなさそうだと胸を撫で下ろす。

（ふふ、眠った顔は少し幼く見えるのですね。目を閉じてもまるで彫刻のようなお顔立ちです）

シルヴァンスの美しい寝顔を堪能していたが、同じブレンドのお茶を飲んだリリーベルにも睡魔が忍び寄ってくる。

（ああ、ここで眠ってはダメなのに……もう目を開けてられません……）

シルヴァンスに膝枕をしたまま、リリーベルの意識も闇へと沈んでいった。

＊＊＊

「んん……」

柔らかく暖かな感触に心地よさを感じていたシルヴァンスの意識が、ゆっくりと覚醒していく。

（あれ……？　いつの間にか眠っていたのか。最近睡眠時間を削っていたから……って、リリーベルは⁉）

一瞬で覚醒したシルヴァンスはパチッと両目を見開く。その途端リリーベルの寝顔が飛び込んできて、いったい自分はどういう状況に置かれているのか即座に理解できない。

「は？　リリーベル？　どうしてリリーベルがここに……？」

そこでようやく、シルヴァンスはリリーベルに膝枕されていることに気が付いた。それに驚いたシルヴァンスはリリーベルが目を覚まさないようにゆっくりと起き上がり、バランスを崩した彼女の身体を優しく支える。リリーベルはシルヴァンスにもたれかかり純真な寝顔を晒《さら》していた。

「……っ！　無防備すぎる……これでも僕は男なんだけど」

シルヴァンスは妻をしっかりと受け止め、リリーベルの寝顔をジッと見つめる。このまますべてを自分のものにしたくなる衝動を抑え、シルヴァンスはリリーベルの額にそっと唇を落とした。

（相手は妻なんだから、これくらいの悪戯は許されるはずだ）

頭の中で言い訳ばかりしながら、リリーベルを起こさないようにゆっくりとシルヴァンスの左太ももに寝かせる。

（目が覚めたらどんな顔をするのだろう……早く起きろ、リリーベル）

いたずらっ子のような笑みを浮かべて、シルヴァンスはリリーベルの目覚めを待った。右足をソファーに乗せて、立てた膝に腕と顎を乗せリリーベルの寝顔を眺めている。

すやすやと眠るリリーベルの寝顔を見ていても、シルヴァンスは不思議と飽きない。それから二十分ほどでリリーベルは目を覚ました。

「う……ん」

「おはよう、リリーベル」

シルヴァンスが覗《のぞ》き込んで、リリーベルの金色の瞳と視線を合わせる。寝ぼけ眼《まなこ》だったリリーベルは両目をこれでもかと見開き、石のように固まった。

「……えっ……えっ⁉」

慌てて起き上がったリリーベルは、魚のように口をパクパクさせている。黒い笑みを浮かべるシルヴァンスは、楽しくてたまらないといった様子でリリーベルへ追い打ちをかけた。

「僕の膝枕はどうだった？」

「も、申し訳ございません――‼　シルヴァンス様のお膝をお借りした上、呑気《のんき》に惰眠を貪るとは言語道断でございます！　かくなる上はどのような処罰でも……‼」

「ははは！　さすがリリーベル、僕の予想を超える反応だ」

「誠に申し訳ございません！　どんな罰でもお受けいたします！」

「いや、少し眠ったからスッキリした。ありがとう」

そう言って微笑むシルヴァンスは確かに先ほどより血色がよくなっており、リリーベルのお茶の効果があったようだ。そのことにホッとしつつも、公爵家当主の膝で眠りこけたというリリーベルの失態が帳消しになったわけではないと思い直す。

「それはよかったです……！　ですが、私がシルヴァンス様のお膝をお借りしてしまったのは紛れもない事実でございます。どうお詫《わ》びしたらよいのか……」

「それなら、これから僕の飲むお茶はすべてリリーベルが淹れてくれ」

「そのようなことでよろしいのですか？」

「うん、それがいい」

シルヴァンスの甘すぎる処分にリリーベルは心が温かくなった。こうして春の日差しのような穏やかな時間が流れ、ふたりの心はそっと近付いていく。

＊＊＊

リリーベルがマードリック公爵家へ嫁ぎ、二カ月が経った。

季節は夏の盛りで、灼《や》けつくような太陽の光が照りつけている。

夏用の薄手のドレスに身を包んだリリーベルは、シルヴァンスからある提案をされた。

「えっ、外出ですか……!?」

「ああ、研究に必要な魔鉱石を見に街へ行くが、リリーベルも一緒に……」

「い、行きます！　行かせてください‼」

マードリック公爵家はとても居心地がいいが、リリーベルは馬車から見た外の景色を忘れられない。できることなら、もう一度、あのどこまでも広がる世界を目にしたかった。

「そうか。では明日の朝食後に出かけるから、準備してくれ。エレンには僕から伝えておく」

「はい！　よろしくお願いいたします」

翌日、リリーベルは町娘のような動きやすい服装に着替えさせられた。ワンピースは白いレースの襟がついた鮮やかなグリーンで、まるでシルヴァンスの瞳を薄くしたような色合いだ。それに白いショートブーツを合わせ、真紅の髪はハーフアップにして白いレースのリボンを飾る。

いつものドレスと違うことに疑問を感じて、リリーベルはエレンに尋ねた。

「あの、随分軽装のようですが、大丈夫なのでしょうか？」

「ええ、公爵様が街へお出かけになる際はいつも平民の衣装を着用されるのです。リリーベル様もご一緒されるので、町娘風の衣装を用意するように伺っております」

エレンはニッコリと笑いながら丁寧に教えてくれる。リリーベルはシルヴァンスが平民の格好で街へ出かけていたことに驚いた。するとメイクを担当しているメイドのコレットが口を開く。

「本当に公爵様ってわかりやすい……あ、リリーベル様はお顔立ちがはっきりしているので、ナチュラルメイクにしますね」

エレンたち使用人も、今ではリリーベルと呼んでいる。リリーベルは、使用人たちからどうしてもリリーベルと呼ばれたいとシルヴァンスに相談した。

その結果、罪を償う気持ちが高まったアリッサが名前を変えたいと申し出て、シルヴァンスが名付けたことにし、今後は新たな名で呼ぶようにと使用人たちに命じてくれたからだ。

シルヴァンスに命名された名で呼ばれるたびに、自分はリリーベルなのだと自覚していく。

それはまるで新しい自分に生まれ変わったようで、公爵夫人としての堂々たる振る舞いにも反映していた。

「そうなのですね。とても動きやすくて、まるでお仕着……い、いえ、なんでもありません」

思わずお仕着せのようだと言いそうになり、リリーベルは慌てて口を閉じる。リリーベルがアリッサではないと知っているのは、シルヴァンスとジェイドだけだ。

あくまでもアリッサの罪を償うために嫁いできたのだから、他の使用人たちにそれを知られてはならない。

「それにしても、リリーベル様はなんでも着こなしてしまいますね。衣装は町娘ですけれど、そこはかとなく気品が漏れ出して抑えきれませんわ」

ほうっとため息をつくようにエレンがこぼす。リリーベルの支度を手伝っていたコレットも同調した。

「本当ですよね～！　艶々な真紅の髪にプリップリのお肌ですし。さらに宝石のような金色の瞳では、素材だけで光り輝いてしまっています。エレン様、これ以上平民っぽさを出すのは無理だと思います」

「そうなのよねえ……まあ、仕方ないわね。公爵様だって高貴さが隠しきれないから、ちょうどいいかもしれないわ」

エレンの言葉にリリーベルは思わず相槌《あいづち》を打つ。

「あ、それはなんとなく想像がつきます。シルヴァンス様は所作も美しく、優雅な身のこなしでとても平民には見えません」

マードリック公爵家で公爵夫人としての教育を受けているが、シルヴァンスはいつもお手本となるような美しい動きをリリーベルに見せるのだ。エレンとコレットもうんうんと頷いている。

「では、これで準備は終わりです。公爵様がエントランスでお待ちですから、まいりましょう」

もうそんな時間なのかと、リリーベルは慌ててエントランスへ降りる階段に向かった。お仕着せのようだと思うと、当時の動きを思い出して颯爽《さっそう》と行動できる。貴族令嬢らしからぬ早足で、シルヴァンスが待つエントランスへと下りた。

「シルヴァンス様、お待たせいたしました」

「……っ！」

リリーベルが声をかけると、ジェイドと話をしていたシルヴァンスが振り向き両目を見開く。そのまま固まって反応しないので、リリーベルはもう一度声をかけた。

「シルヴァンス様？」

「あ……いや、なんでもない。その、に、似合ってるな」

シルヴァンスは若干そっけないような態度を取る。だが思った通り、いや、それ以上にグレーのシャツと黒いパンツを着こなす姿が様になっていた。紐状《ひもじょう》のネクタイをとめているのが淡い金色の石で、リリーベルの瞳と同じ色合いなので嬉しく感じる。

いつもは無造作に下ろしている髪も右サイドだけ耳にかけきっちりとセットされ、麗しい顔が惜しげもなく披露されていた。そのギャップにリリーベルの心臓がドクンと波打つ。

「ありがとうございます！　鮮やかなグリーンが綺麗で、エレンさんたちのおかげですね。シルヴァンス様もとっても素敵です！」

「……そうか。では、行くぞ」

「はい！　よろしくお願いいたします！」

リリーベルは満面の笑みを浮かべて、耳まで赤くなった顔を隠すように歩き出すシルヴァンスの後を追いかけた。

＊　＊　＊

王都の中心部へは馬車に乗り二時間ほどで着く。

リリーベルは嬉しくて嬉しくて、馬車の車窓に両手を添えて流れる景色を眺めていた。シルヴァンスはそんなリリーベルを見て、思わず尋ねる。

「そんなに外出が嬉しいか？」

「はい！　フレミング侯爵家では外出を許されなかったので、こうして外に出られるのは楽しいです」

「そうか……もっと早く連れ出せばよかったな」

「いえいえ、シルヴァンス様も研究でお忙しいでしょうから、気になさらないでください」

シルヴァンスはリリーベルがなんでもないように話している内容に、密かに憤りを感じた。

(外出すら自由にできず、それが当然のように語るくらい、リリーベルは抑圧されてきたのか……)

ジェイドに調査させたことで、シルヴァンスはリリーベルが奴隷のような暮らしを送っていたことを知った。さらに詳しく調べを進めているが、胸くそ悪い結果になるのは容易に予想できる。

それでもリリーベルは悲観することなく、目の前の幸せに笑い、真っ直ぐに前を向いていた。いつでも精一杯できることをして、シルヴァンスの噂などまったく気にせず、むしろ進んで人体実験に使ってほしいとまで言ったのだ。

その痛いほど真っ直ぐな生き様が、シルヴァンスの心に突き刺さった。

周りが理解してくれないからと壁を作り、距離を取って屋敷に引きこもっている自分が、なんとも情けなく思える。

(それに、こんなに喜ぶなら、またリリーベルを連れ出そう。いっそ海を見せたら、どれほど喜ぶだろうか……研究が落ち着いたら、旅行に誘うのもいいかもしれない)

その時のリリーベルを想像して、シルヴァンスは笑みを深めた。

シルヴァンスがそんな風に考えているとは微塵《みじん》も思わないリリーベルは、今日の目的についてシルヴァンスへ尋ねる。

「シルヴァンス様、魔石とはどのようなお店で販売しているのですか?」

「魔石は大きさや価格によって売っている店が変わるが、雑貨店や魔道具屋、それに専門店もある。僕が欲しいのは研究用だから、今日は専門店に向かう予定だ」

「そんなにたくさんのところで販売しているのですね……！　私、街が初めてなので楽しみです！」

初めて街に出るというリリーベルの言葉である閃きが走り、シルヴァンスは注意事項を丁寧に説明する。

「リリーベル、街には悪い人間もいる。だから、声をかけられても安易についていってはいけない。それから僕とはぐれた時のために、待ち合わせ場所も決めておこう。万が一の時はその場所で僕が来るまで待ってくれ。どうにもならない時は、騎士が巡回しているだろうから助けを求めろ。マードリック公爵家の名を出せば、丁重に対応するはずだ」

「は、はい……！　なにやらお出かけも大変なのですね！」

「そうだな、楽しいだろうが危険な場所だから、くれぐれも僕のそばから離れるな」

「承知いたしました！」

真剣な表情で話すシルヴァンスを見て、リリーベルは気持ちを引きしめた。さらに驚くべき命令がシルヴァンスから下される。

「今日は貴族ではなく研究者として街に行くから、僕のことはシルヴァと呼べ」

「えっ！　そんな……とんでもないです！　シルヴァンス様を愛称で呼ぶなんて……！」

青ざめた顔のリリーベルは、ブンブンと顔を左右に振った。だが、リリーベルのペースで事を進めるつもりがないシルヴァンスは、追い込むように笑みを浮かべる。

「確か、契約書には僕のためになんでもすると盛り込んだはずだが？」

「そ、それはそうですが……人体実験ならまだしも、公爵様を愛称呼びなんて烏滸《おこ》がましいにもほどがあります！」

夫を愛称呼びするより人体実験の方がハードルが低いと言われ、シルヴァンスは表情をなくす。

（僕を愛称で呼ぶのがそんなに嫌なのか？　はっ、それなら手を変えるまでだ）

シルヴァンスは隣に座るリリーベルを引き寄せ、耳元で甘く囁《ささや》いた。

「リリー。君は僕の妻だろう？」

「ひぃっ！」

突然の抱擁と耳元で囁かれたシルヴァンスの声に、リリーベルは飛び跳ねるほど驚いた。そんなリリーベルの態度にまるで拒否されたような気持ちになり、ムキになったシルヴァンスは、どうやってリリーベルの気持ちを自分に向けようか考える。

「僕だけリリーを愛称で呼んでいたら、屋敷に戻ってから使用人たちになんと言われるだろうな？」

「えっ⁉　お屋敷に戻っても続けるのですか⁉」

「当然だ。国王に円満な夫婦関係だと見せる必要があると説明しただろう？　まあ、僕だけリリーと呼んでもいいが、そうなると使用人は僕が一方的に君に惚《ほ》れ込んでいると思うだろうな」

「あっ……」

「別にそれでも構わないけど、どうせなら相思相愛の夫婦だと思われる方がいい」

リリーベルはその言葉で、自分が愛称呼びを受け入れないことでシルヴァンスの計画に影響が出てしまうと思った。

事実はどうであれ、夫だけが一方的に妻に想いを寄せていると思われるのは、リリーベルだって望んでいない。国王の耳に入ってもいいように仲睦まじい夫婦のふりをする方が今後のシルヴァンスのためになる。

自分の至らなさでいっぱいになったリリーベルは、シルヴァンスが街に行くためではなく、国王に見せつけるためだと理由をすり替えたことに気が付いていない。

「……そっ、そうですね。申し訳ありません。私が短慮でした」

「で？」

シルヴァンスは黒い笑みを浮かべて、リリーベルに愛称で呼べと無言の圧力をかける。

「シ、シルヴァ様……」

「リリー、よくできたな。今後はお互い愛称で呼び合おう。褒美に王都で人気のカフェに寄ってやる」

さらっとシルヴァンスが愛称呼びを定着させたが、リリーベルはそれよりも興味を引かれる単語に食いついた。

「カフェ……とは、もしかして、あのカフェですか⁉」

「ああ、美味しいお茶とスイーツを楽しむ店だ」

「……っ！　あ、ありがとうございます！」

リリーベルはシルヴァンスの提案で一気に心が軽くなる。小説や新聞にたびたび載っていたカフェという場所に行けることが、嬉しくてたまらない。切迫した雰囲気はあっという間に消え去って、満面の笑みを浮かべた。

＊＊＊

シルヴァンスにうまく転がされたリリーベルは、王都の中心部に到着するとウキウキしながら夫のエスコートで馬車から降りる。

その際にシルヴァンスとの距離が縮まり、グリーンノートの香りがリリーベルの鼻先を掠《かす》めて先日の膝枕を思い出した。急にソワソワと落ち着かない気持ちになり、適度な距離を保ちたいのにシルヴァンスはリリーベルの手を取ったまま離さない。

「リリー、王都は人が多いからはぐれないように手を繋ごう」

「え！　だ、大丈夫です！」

「馬車でも説明したと思うが、リリーがひとりになって迷子になったら大変だぞ？」

「うう……そうなのですが……」

「ほら、行こう」

シルヴァンスは有無を言わさずリリーベルの指を絡め取り、ガッチリと手を繋いだ。リリーベルはこれ以上拒否することもできず、シルヴァンスの香りを感じるほどの距離で落ち着かないまま歩きはじめる。移動を始めたリリーベルは、この手の繋ぎ方であれば多少の人混みでも離れ離れになることはないとようやく理解した。

「なるほど、このように手を繋いだら絶対に離れませんね！」

「……ああ、そうだな。この手の繋ぎ方は特別だ」

迷子にならないように工夫してくれたのだとリリーベルは思い込んでいるが、これが恋人繋ぎというものだとエレンに教わり羞恥心でのたうち回るのは屋敷に戻ってからになる。

王都の街にはたくさんの店が並び、リリーベルはキョロキョロと辺りを見ながら歩いていた。見るものすべてが目新しく、あまりの人の多さに驚き、さらにギュッとシルヴァンスの手を握る。この仕草に内心喜んだシルヴァンスは、すれ違う女性たちを虜にしてしまう笑みを浮かべリリーベルに街のことを説明した。

そうして目的の魔道具の専門店を訪れ、シルヴァンスは探していた魔石を見つけ屋敷に届けてもらうよう手配を済ませる。

「じゃあ、ご褒美のカフェに行こうか」

「はい！　はああ、楽しみです～！」

リリーベルたちがカフェに向かって王都の通りを歩いていると、突然、シルヴァンスが一軒の宝石店の前で足を止めた。

「リリー、ちょっとここに寄ってもいいか？」

「はい、大丈夫です」

シルヴァンスの先導で店内に入ると、ガラスケースの中にキラキラと輝く宝石のアクセサリーがリリーベルの目に飛び込んできた。どれも美しく装飾されネックレスや指輪などの形で展示されている。

店員がシルヴァンスに声をかけ話しはじめたので、リリーベルは店内のショーケースに並べられている宝石を眺めた。

（なるほど、この結婚指輪はどうやらプラチナという素材のようです。まるでシルヴァ様の髪の色みたいで素敵ですね）

ショーケースの宝石や金属を見比べて、シルヴァンスにもらった結婚指輪がどんな素材で作られているのか、興味本位で調べている。こんなところでもリリーベルの好奇心が発揮され、シルヴァンスの用事が済むのを退屈しないで待っていられるのだ。

（あ、この色……シルヴァ様の瞳と同じ色です。エメラルドというのですね、とても綺麗です。結婚指についていた宝石もエメラルドだったのですね……あら、この指輪、まるでシルヴァ様みたいです！）

リリーベルがプラチナとエメラルドの宝石ばかり探していると、買い物を終えたシルヴァンスに呼ばれてカウンターまで移動した。シルヴァンスが高額の買い物をしたのか、店員はニコニコと笑っている。

「後ろを向いて」

「こうですか？」

リリーベルがくるりと回転すると、髪の毛に触れる感覚がしてシャランと音が鳴った。

次に手鏡を渡されて覗いてみると、合わせ鏡の中で白と緑の宝石を使った装飾品が真紅の髪にキラリと輝いている。リリーベルと名付けられてから辞書で調べたことがあり、すずらんの花を模した髪飾りで間違いない。

「これは僕からリリーへプレゼントだ。このパールの部分がすずらんの花で葉の部分がエメラルドを使っている。パールが揺れると音が鳴って幸運を呼ぶそうだ。派手じゃないから日常的にも使える。今日の買い物に付き合ってくれた礼だ」

「私に……？」

「たまたま外からこの髪飾りが見えたから、リリーにちょうどいいと思った」

リリーベルは、こんな風にプレゼントしてもらうのは初めてだった。

乳母のソニアと引き離されて奴隷となってからは、いつも搾取されるばかりで、身の回りの物も必要最低限しか与えられなかった。なにか必要な時でも、何度も頭を下げてようやく用意してもらっていたのだ。

マードリック公爵家に来て用意してもらったドレスや装飾品は、公爵夫人の体面を保つためのもので、リリーベルにプレゼントとして用意されたものではない。結婚指輪とて、国王に仲睦まじい夫婦なのだと思わせるためのものだ。

実際に屋敷を去る際にはすべて返すつもりで、リリーベルは使用している。

「こんな素敵な髪飾り……いただいてもよろしいのですか?」

「もちろんだ。拒否は受け付けない」

「ふふ……シルヴァ様、ありがとうございます」

リリーベルは嬉しくてたまらなかった。

シルヴァンスがリリーベルのために選んでくれたことが、泣きそうなほど嬉しくて目が潤んでいく。それだけでなく、こうして外出に誘ってくれたことも、お互いに瞳の色を入れた衣装を身につけたことも、手を繋いで歩いたことも、シルヴァンスと過ごす時間がなによりも楽しくて輝いていているのだ。

ひと粒の涙をこぼし、リリーベルはシルヴァンスへ笑顔を向ける。

「別に安物だから気にするな」

シルヴァンスは照れているのか、頬をほんのり染めて顔を背けた。リリーベルはそんな態度すらもシルヴァンスらしいと受け止める。

マッドサイエンティストで冷酷な公爵様と噂されているシルヴァンスだが、リリーベルにとっては優しくて頭の回転が速く、とても誠実な青年だった。リリーベルのように孤独を感じても、決して己の信念を曲げない強い人だとも思っている。

リリーベルは胸の奥で育ちつつある感情に気が付いてしまった。

(シルヴァ様とは契約結婚で、その期間は二年間。しかも私は、アリッサ様の身代わりとして

ここにいるのです)

すでにシルヴァンスとの別れが決まっている上、リリーベルはフレミング侯爵家の奴隷でし

かない。どうにもならない現実を考えれば、芽生えた想いはリリーベルを苦しめるだけだと理

解できる。

(これ以上、心を乱されないようにしなくてはなりません……)

リリーベルは笑顔の下で、シルヴァンスに対する気持ちにそっと蓋をした。

＊　＊　＊

その日、アリッサはメイドを引き連れて外出していた。

屋敷にこもる生活に耐えきれなくて、母に変装道具を用意してもらい王都の街へ繰り出して

いる。念には念を入れてダークグラウンのウィッグをつけ、目深に帽子を被り、眼鏡をかけて

別人に見えるように化粧を施した。

(このわたしの美しさを前面に出せないのは悔しいけれど、外出できるのだから仕方ないわね)

以前は街中の男たちが振り向くほど美しく着飾っていたが、それだと目立ちすぎてしまう。

アリッサはマードリック公爵夫人となったのだから、目立たないような格好で気分転換をする

しかない。

「さっきの人、ものすごくカッコよかったわね!」

「本当、素敵だったわ！　左手の薬指に指輪してたから、もう結婚しちゃってるのね。残念だわ～！」

「なに言ってるのよ。独身だからって私たちじゃ相手にされないってば」

「そうなんだけどね～、夢を見たいじゃない」

すれ違う若い女性たちがそんな会話をしていた。何組かそんな風に話しているところを聞く限り、よほどの美男子が街にいるらしい。

（こんなに注目を集める男なんて……ふうん、気が向いたら遊んであげてもいいかもしれないわね）

罰を受けたにもかかわらず、アリッサはまったく反省していない。むしろ、なぜこんな罰を受けているのか納得していないのだ。

「あら、今日は随分カフェが混んでいるわね」

「本当ですね。予約しているので問題ないかと思いますが、確認してきます」

いつも立ち寄る流行りのカフェの行列がいつもより長く、アリッサは不思議に思った。すぐにメイドが戻ってきて、予約席へ案内される。

ひと息つくと、アリッサの斜め前の席でお茶を飲んでいる貴族令嬢たちの会話が耳に入ってきた。

「ねえ、あの方とても素敵ね」

「本当だわ！　なんて超絶美形なの！」

「平民の格好をしているけれど、絶対に所作が貴族よね？」

「多分、マードリック公爵様じゃないかと思うわ。夜会で見たことがあるの」

マードリック公爵の名前が出てきて、アリッサはドキッと心臓が波打つ。場合によっては今すぐカフェを出た方がいいかもしれない。

「ええ！　でもマードリック公爵様って、いろんな噂があるじゃない」

「あるけど、あれだけ素敵だったら許せちゃうかも……！」

「それに、噂と違ってとっても優しげに微笑んでいるわよね？」

そこまで聞いて、アリッサは貴族令嬢たちの視線の先を追った。テラス席で赤髪の女と向かい合い、美しい銀髪を風に揺らした青年がお茶を飲んでいる。彫刻のように整った顔に微笑みを浮かべ、エメラルドの瞳は愛おしそうに女を見つめていた。

（えっ……あれがマードリック公爵様なの？　めちゃくちゃ美形じゃない！）

アリッサは街ですれ違った女性たちの会話と、カフェに行列ができていた理由がようやくわかった。窓際に座るマードリック公爵の見目麗しさと、噂と違う柔らかな微笑みが女性客を惹《ひ》きつけていたのだ。周囲の女性客たちはうっとりとしながら、マードリック公爵を見つめている。

（ということは……やっぱり、あの赤髪の女は名無しだわ！）

名無しはフレミング侯爵家にいた時と打って変わって、髪は艶を帯びて肌は白く張りがあり、幾分ふっくらして美しく輝いていた。平民の格好をしていても隠しきれない美しさが、アリッサの心に突き刺さる。

変装しているとはいえ、見窄《みすぼ》らしくなったアリッサとは雲泥の差だ。

(ちょっと、なんで名無しがあんなに綺麗になっているのよ！　わたしはこんな格好じゃないと街にも出られないのに……！)

アリッサの胸の内に激しい憎しみの炎が燃え上がる。自分よりも下だと思っていた存在が、アリッサよりも美しくなっているのが耐え難い。あんなに美形な夫を連れて羨望の眼差しを向けられているのが、どうしても許せなかった。

(名無しの分際で……屋敷に引っ込んでいればいいものを……！)

見当違いな憎しみを募らせ、アリッサは怒りに身体を震わせる。

(あの場所は、本来ならわたしがいる場所なのよ。美しく輝くのは、わたしなのよ‼)

この偶然の邂逅《かいこう》がアリッサとフレミング侯爵家の未来を大きく変えるとは、誰も想像すらしていなかった。

第四章　初めての夜会

寒い冬を越え、花々が咲き乱れる春になった。

リリーベルはシルヴァンスと街へ出かけたり、お茶や食事を楽しんだりしながら穏やかな日々を過ごしている。

公爵夫人としての教育も受けており、礼儀作法からさまざまな教養まで幅広く学んでいた。リリーベルの好奇心が刺激され新しい知識をどんどん取り込み、教育係はそんな素直なリリーベルに熱心に教えを説いている。

ところがある日突然、シルヴァンスはリリーベルが教育を受けている部屋までやってきて人払いし、ふたりきりになった途端に謝罪の言葉を口にした。

「リリー、すまない。これは僕の失態だ」

並々ならぬシルヴァンスの雰囲気にリリーベルは息を呑む。もしかして契約結婚を今すぐ打ち切るとか、そういうことなのだろうかとリリーベルは考えたが、ともかくどんな失態なのか詳しく聞いてみるしかない。

「あの、いったいなにがあったのですか？」

「二週間後、夜会に参加する。王太子セドリックの誕生祝賀会だ」

リリーベルはその言葉を聞いて、シルヴァンスの失態をようやく理解した。

そんな重要な夜会ならば国中から貴族たちが集まり、国一番の天才であるシルヴァンスの妻となったリリーベルにも注目が集まるのは必至だ。しかも王太子の誕生祝賀会となると参加を辞退できるのは、病などのやむにやまれぬ事情がある場合に限る。

だが、現在進行形で教育を受けているリリーベルが、公爵夫人として十分な振る舞いができるとは思えない。

「それは……時間がありませんね」

「本当に申し訳ない。責任を持って僕が直接ダンスも必要な知識も指導する」

「はい、よろしくお願いいたします」

それから公爵夫人の教育は一旦休みにして、リリーベルは夜会を乗り切るために足りない部分を集中的に特訓することにした。

リリーベルがアリッサでないことは使用人にも知られてはならないので、シルヴァンスとふたりきりでダンスフロアで特訓している。あまりにも時間が足りないから、早速シルヴァンスからスパルタ教育を受けていた。

「リリー、まずはダンスの練習だ。夜会ではパートナーと一曲は踊るのが通例で、ある程度はごまかせるけど基礎ができていないと僕もフォローできない。それから参加する貴族たちの情報は僕が隣にいればなんとかなるが、その対処法だけ覚えてほしい。ではダンスしながら教えていく」

「えっ、少しお待ちください！　ええと、ダンス、ダンス……」

身代わりで嫁ぐと決まった際に、フレミング侯爵家でダンスを数回教わった覚えがあった。

なんとかその時のことを思い出してリリーベルは、シルヴァンスの前に立ち姿勢を決める。

（ううっ、シルヴァ様のこの香りを嗅ぐと、心臓がドキドキしてしまいます……！）

シルヴァンスのグリーンノートの香りがリリーベルを包み込み、今までの出来事が脳裏をよぎった。そのせいで心臓がおかしな動きをするが、練習に集中しなければと必死に記憶を振り払う。

「へえ、最初のポージングは大丈夫だな」

「ですが、この先はもうわかりません！」

ステップなどすっかり頭の中から抜けてしまったし、そもそもあの時教わったのだって初歩的なものだけだ。

「そうか。二週間で難しいステップを習得するのは無理だろうから、簡単なものを極めよう。リリーはこれから僕の言う通りに足を出してくれ」

「はい、やってみます」

シルヴァンスの言葉通りに最初は右足を後ろに引いて、次は左足をさらに後ろに引いて身体の向きを変える。今度は右足を前に出して、さらに左足を前に出して身体の向きを変えた。これの繰り返しで、ダンスホールをクルクルと回っていく。

「そう、いい調子だ。そのまま僕に身を委ねて」

「はいっ！　なんだか楽しいですね！」

　ただただ、同じステップを繰り返して回っているだけなのに、リリーベルはシルヴァンスと踊るのが楽しくてたまらない。シルヴァンスもエメラルドのような瞳を細め、笑みを浮かべている。

「そろそろスピードを上げるぞ」

「えっ、わっ！」

「いっ……！」

　途端にシルヴァンスの動きについていけなくなったリリーベルが、思いっきりシルヴァンスの足をヒールで踏んでしまった。

「も、申し訳ございません！　シルヴァ様、お怪我はありませんか!?」

「大丈夫。ちょっと無茶しすぎたか」

「あの、今すぐ冷やすものを持ってきます……！」

　勢いよく走り出そうとしたリリーベルの腕を掴んで、シルヴァンスは「必要ない」と制止する。

「これくらいなんでもない。続きをしよう」

「はい、頑張ります……」

　それからもリリーベルはシルヴァンスと踊り続け、基本のダンスを身体に覚えさせた。朝から晩まで、途中でリリーベルがお茶を淹れながら、ふたりきりで特訓を重ねる。

そんな毎日を過ごし一週間経った頃、ようやくリリーベルのダンスが形になってきた。

「リリー、ここでターン！」

「はいっ！」

くるりと回転したリリーベルが最後にシルヴァンスの腕に収まり、ふたりは見つめ合う。しばしの沈黙の後、喜びに満ちた声があがった。

「で、できましたー！」

「よくやった！」

思わず抱きしめ合ったリリーベルとシルヴァンスは、ハッと我に返り一瞬で距離を取る。リリーベルの心臓がバクバクと鼓動しているのは、きっとダンスを踊り続けたからに違いないと自分に言い聞かせた。

「では、これからはダンスをしながら、貴族の対処法を伝えていく」

「はい、でも少しだけ休憩してもよろしいですか？　喉が渇きました」

季節は春とはいえ、ずっと踊っていたのでリリーベルの喉はカラカラだ。シルヴァンスも同じだったらしく、リリーベルに冷たいお茶をリクエストする。

「ありがとう。リリーのお茶のおかげで練習が捗る」

「こちらこそ、本当に最初から教えていただき感謝しかありません」

リリーベルは疲労回復と記憶を定着させる効果のあるブレンドで、いつものように心を込めてお茶を淹れた。シルヴァンスの氷魔法でキンキンに冷やしてからお茶を飲むと、汗ばむ身体にスーッと浸透していく。

グラスの半分ほどお茶を飲んだところで、シルヴァンスが正面を向いたままリリーベルに問いかけた。

「リリーは、遠くへ行くならどこがいい？」

「遠く……ですか？」

「海に興味はあるか？　それとも山？　湖という候補もあるが」

シルヴァンスの質問の意図がわからなくて、リリーベルは答えあぐねる。

（海とか山とか湖とか、どういうことでしょうか？　強いて言うなら海ですが……はっ、もしかして契約期間が終わった後のことを言っているのでしょうか⁉）

リリーベルがマードリック公爵家に来て、すでに十カ月が過ぎていた。頭の回転が速いシルヴァンスのことだから、残りが一年ほどになり契約満了時のリリーベルの行き先を手配しようとしているのかもしれないと気が付く。

確かにそういう契約内容だった。

以前のリリーベルなら迷わずフレミング侯爵家に戻る選択をしていただろう。でも、このマードリック公爵家で、シルヴァンスと一緒に暮らして、もうあの頃の生活には戻れないと思った。

（リリーベルという名前を捨てたくない……）

シルヴァンスが付けてくれた名前は、フレミング侯爵家に戻ったら二度と呼ばれることはない。だが、今ではもうリリーベルとしての自分が心の中心にしっかりと存在している。

マードリック公爵家に来てから、夢がたくさん叶った。肉の塊をお腹いっぱい食べられたし、具沢山のビーフシチューも食べることができた。シルヴァンスもエレンも優しく、誠意を持って接してくれる。

それが当たり前の世界をリリーベルは知ってしまったのだ。

「……海が」

「やっぱり海か」

「いえ、シルヴァ様が決めたところなら、どこでも構いません……」

「そうか」

シルヴァンスは深追いすることなく、会話はそこで終わる。

しかし、シルヴァンスの問いかけは、リリーベルに新たな気付きを与えた。リリーベルの心は確実に変化している。

それがこの先、どのような結果をもたらすのか、まだわからない。

(でも、私は、死ぬまでリリーベルでいたい)

その気持ちだけは変わらないと、リリーベルは思うのだった。

猛特訓をこなしたリリーベルはついに夜会当日を迎え、シルヴァンスと会場へやってきた。

馬車から降り立ち、会場の入り口へと足を進める。

この日のためにあつらえた鮮やかなエメラルドグリーンのドレスに身を包み、リリーベルはシルヴァンスの右腕にそっと手を載せた。真紅の髪はコテで巻いてから結い上げ、サイドの髪を下ろしている。すずらんの髪飾りもつけて、首元と耳にはダイアモンドとエメラルドのアクセサリーが輝き、公爵夫人として完璧な出立ちだ。

シルヴァンスは夜会仕様の煌《きら》びやかな衣装をまとい、街に出かけた時のように右耳に髪をかけてきっちりセットして、端整な顔立ちを披露している。濃い目のグレーのジャケットに黒いパンツを合わせ、胸元とジャケットの裏地にはリリーベルの髪色である真紅の生地が使われていた。

これでぱっと見は、リリーベルたちが相思相愛の夫婦だと思わせられるだろう。

「リリー、これは戦いだ」

「はい！　気合を入れて挑みます！」

「貴族たちはわずかな隙をついて揚げ足を取り、嫌みで攻撃をしてくる。リリーはアルカイックスマイルを崩さず、優雅に振る舞うことが最大の反撃になると覚えておけ」

「承知いたしました‼」

会場を前にして、リリーベルは気合十分だ。この夜会を乗り切るためのスパルタ教育をリリーベルは必死にこなした。

（できるだけシルヴァ様にご迷惑をかけないようにしなければ……！）

シルヴァンスの右腕にそっと手を添えて、凛《りん》とした姿で視線を前へ向ける。

扉が開かれ室内から優雅な管楽器の演奏が聞こえてきた。さらに入り口のサイドに立つ騎士が、高らかに宣言する。

「マードリック公爵夫妻のご入場――‼」

リリーベルとシルヴァンスが一歩踏み出すと、会場内がざわつきふたりに視線が集中した。

ここまでは予想通りの反応だ。

今回の夜会では国王に挨拶をして、王太子へお祝いの言葉を告げるというミッションもある。

これからこなすべき重大な任務を前に、貴族からの不躾《ぶしつけ》な視線など気にならなかった。

「リリー、まずは陛下へ挨拶だ」

「はい」

リリーベルは今日一番の緊張感に襲われる。アリッサにマードリック公爵家へ嫁げと命じた国王と顔を合わせるのは、後ろめたいことがあるリリーベルにとって気持ちが重くなるものだ。

しかし、シルヴァンスのためにもここはなんとしても乗り切らなければならない。

貴族たちの視線を浴びながら、リリーベルとシルヴァンスは国王の御前へやってきた。

「国王陛下、シルヴァンス・マードリック並びに妻アリッサがご挨拶申し上げます」

シルヴァンスの言葉に合わせて、リリーベルはずっと練習していた優雅なカーテシーを披露する。チラリとシルヴァンスに視線を向けると、問題ないというように頷いてくれた。

「おお、シルヴァンスか！　今日は会えると楽しみにしておったぞ。アリッサもよく来てくれた。シルヴァンスからかなり反省している様子だと聞いておる」

「陛下、ご健勝のようでなによりでございます。彼女に関しましては、先日のご報告の通り、僕にご一任ください」

「ああ、その件についてはシルヴァンスに任せるから心配するな。ようやく結婚した其方《そなた》の伴侶が気になっただけだ」

　国王とシルヴァンスのやり取りから、リリーベルは王命ゆえこの結婚について報告がなされているのだと察する。

（それも当然のことです……！　それならなおのこと、この夜会では慎重に行動しなければなりません！）

　ますます緊張が走るリリーベルは、ガチガチに固まって呼吸しているかどうかもわからなくなった。そんなリリーベルに気が付いたシルヴァンスはふっと笑みを浮かべる。

「ほう……」

「まあ、伯父上の采配には感謝していますよ」

　この瞬間だけシルヴァンスと国王は公爵家当主と王族としてではなく、甥と伯父として会話した。てっきり猛烈に嫌がっていると思っていた国王は、シルヴァンスの思いがけない好意的な反応に喜びを隠せない。

　シルヴァンスの両親は外交で隣国へ向かい、帰りの航路で嵐に遭い六年前に亡くなっていた。それからずっと、国王はシルヴァンスを気にかけている。後継問題にも気を揉んでいて、やっとシルヴァンスの笑顔を見られて嬉しくてたまらなかった。

シルヴァンスは国王との会話を終え、リリーベルを会場の端まで連れていく。

「リリー、大丈夫か？　息してるか？」

「……っ！　はーっ、はーっ、はーっ……申し訳ございません、今まで息がっ、止まっていたようです……！」

大きく深呼吸するリリーベルを見てシルヴァンスは思わず吹き出した。

「ふはっ！　リリー、落ち着け。もう陛下への挨拶は終わった」

「えっ、いつの間に……!?　私はちゃんとできていましたか!?」

「うん、大丈夫だ。よく頑張った」

「はあああ……よかったです！」

心底ホッとしたリリーベルは、目の前に並ぶ料理に視線が釘づけになる。シルヴァンスはリリーベルの緊張をほぐそうと、軽食が並ぶテーブルの横に連れてきたのだ。狙い通りの反応にシルヴァンスは自然と笑みがこぼれた。

給仕から飲み物を受け取り、リリーベルへひとつ手渡し、耳元で悪魔のように甘く囁く。

「リリー、なにが欲しい？」

「えっ、でも……夜会では皆様こういった食べ物をほぼ口にされないと教わりました……」

「まあ、そうだが、食べてはいけないという決まりもない」

「そうなのですか!?」

ぱあっと眩しい笑顔になったリリーベルを軽食が並ぶテーブルまで連れていき、シルヴァンスは適当に料理を皿にのせた。肉をメインにスイーツも少しのせ、リリーベルへ手渡す。

「ほら、食べろ。僕もリリーからもらう」

「あ、ありがとうございます！」

リリーベルは嬉しくなって、いつものように幸せそうに肉料理を頬張った。その様子を見つめるシルヴァンスの瞳は、優しげに細められている。時折、リリーベルから食べ物をもらい、寄り添いながら食事していた。

そんなふたりを、周囲の貴族たちは驚きの表情で見つめている。

「え、あれ、マードリック公爵よね？」

「嘘でしょう、あんな風に笑みを浮かべるなんて初めて見たわ」

「本当にあれがマードリック公爵なの？」

「アリッサ・フレミングって、あんなに可憐だったか？」

「いや、どちらかと言えば毒婦だったと……」

「まさか、本当にあの女が改心したのか？」

疑問ばかりが残るが、目の前のふたりはのほほんと夜会の食事を楽しんでいた。しかもひとつの皿に取り分けた料理を、ふたりで分け合う様子は仲のよい夫婦そのものだ。貴族たちが今までとあまりのギャップに固まっていると、ふたりのもとへ男性が近付いていく。

「珍しいな。シルヴァンスが夜会を楽しんでいるなんて」

「……セドリック殿下。本日は殿下の御生誕を祝うことができ、誠に嬉しい限りです」

シルヴァンスが臣下の礼をする相手は、本日の主役であるベアール王国の王太子だ。リリーベルは相手が王族であることから、再び緊張で身を固くした。

「っ！　セ、セドリック殿下……!?」

「ああ、そのままでいいよ。ここは休憩スペースだから、気にしないで」

リリーベルが慌ててカーテシーをしようとすると、案外気さくなセドリックに止められる。国王譲りの金髪を後ろに流し、翡翠《ひすい》のような瞳を細め笑みを浮かべていた。鍛え上げているのか、がっちりとした身体つきで頼もしさがある。

「ありがとうございます」

「それで、なんの用ですか？」

リリーベルが失礼のないように微笑みを浮かべて対応していると、シルヴァンスが冷ややかな声音でセドリックへ反応した。

「うわー、なんだ、あんな顔するのは夫人の前だけなの？」

「あんな顔の意味がわかりません」

「は？　自覚なし？」

セドリックはシルヴァンスの二歳上で、誕生日を迎え二十六歳となった。ふたりは従兄弟でもあるので、公式な場以外はお互いに砕けた態度になる。それが思わず出てしまうほどセドリックは驚いた。さらに、いつもは無造作へアのシルヴァンスがきっちりしていることにも気が付き、突っ込まずにはいられない。

「ていうか髪までビシッとセットして、今日はやけに気合い入ってるな」

「いえ、いつも通りですが」

「あー、そうかそうか、夫人の前だもんな」

「うるさい、黙れ」

　夫人を見つめながら今まで誰にも見せたことがないような甘い笑みを浮かべていたことに、シルヴァンスは気が付いていないらしい。自覚なしの恋心は大抵拗らせるものだと思っているセドリックは少しだけ突いてみることにした。

「では奥方をダンスに誘っても問題ないな？」

「……いえ、まだ僕とファーストダンスを踊っていませんので、ご遠慮願います」

「ははっ、ファーストダンスねぇ。そんなの気にしたことなかっただろ」

「結婚したので、そういう礼儀を大切にしたいのです」

　セドリックが今までの行動との矛盾をつくと、シルヴァンスは結婚したからだと言い訳をする。そんな風に内心で必死になっているシルヴァンスがおもしろくて、セドリックは追撃をやめない。

「ふうん、ではマードリック夫人、ファーストダンスの後はぜひ私と踊ってくださいませんか？」

　そう言って、リリーベルの手を取りセドリックは指先に口付けを落とす。突然の王太子の奇行にリリーベルは肝が縮み上がった。

「ひえっ！　いいえ、私如きがセドリック殿下と踊るなんて滅相もございません！」

「そう？　以前はよく誘われていたけれど」

「～～～～っ！」

セドリックの言葉に、アリッサと決定的に違うと言われたように感じて、ダラダラと滝のような冷や汗をかく。その時シルヴァンスは、妻の指先とはいえ口付けをしたセドリックの行動に石のように固まっていた。

リリーベルはどう言い訳しようか必死に頭を働かせ、なんとか言葉を絞り出す。

「いいい、今は結婚した身ですので、独身の頃とは違います。夫の許しがございませんと……」

そこでハッと我に返ったシルヴァンスは、セドリックとリリーベルの間に割り込むように立ち、物理的にふたりを遠ざけた。

「申し訳ありませんが、妻は僕以外と踊りませんので、殿下はご遠慮ください」

相手が王太子であろうとも、シルヴァンスは決してリリーベルを片時も渡さないと明言する。

その様子を見て、ついにシルヴァンスが心を許せる女性に出会ったのだとセドリックは嬉しくなった。リリーベルに聞こえないように、シルヴァンスにヒソヒソと話しかける。

「……うわあ、マジで？　シルヴァンス、お前マジなんだ？」

「セドリック、黙って僕の前から消えろ」

先ほどのリリーベルの指先に口付けしたことを許せないシルヴァンスは、セドリックを睨みつけ凍りつきそうな視線を向けた。

「いやいや、こんな楽しいことになってるなら早く教えろよ」

「うるさい。僕がお前に教えることはなにもない」

従兄弟であるセドリックは学生の頃からシルヴァンスのよき理解者だ。シルヴァンスの研究も陰ながら応援してくれている。お互いに軽口を叩くが、シルヴァンスとセドリックの信頼関係があるからこそだ。

揶揄《からか》われてばかりで苛立ちが募るシルヴァンスは、身を翻《ひるがえ》そうとしてセドリックに腕を掴まれる。

「ちょっと待てって。でも、アリッサ嬢ってあんな感じだったか？　あれなら他の男も黙ってないだろうな」

「だから夜会なんて参加したくないんだ」

「いやあ、俺は今日参加してよかったよ。お前には幸せになってもらいたいし。じゃあ、また今度な」

心から忌々しげに呟くシルヴァンスに温かい言葉をかけて、セドリックはその場を後にした。こういうところが憎めないのだとシルヴァンスは心の中で呟く。

リリーベルはシルヴァンスとセドリックがヒソヒソと話していたのを見て、自分がなにか失敗してしまったのではないかと不安になりそっと尋ねた。

「あの、シルヴァ様、私がなにか粗相をしてしまったのでしょうか？」

「大丈夫だ。昔からあいつは僕を揶揄うのが趣味なだけだ」

「まあ、とても仲がよろしいのですね……」

「でも、もうリリーには触れさせない」

剣呑《けんのん》とした空気をまとうシルヴァンスに驚きながらも、リリーベルはその理由に納得する。

「そうですね、万が一ダンスが下手すぎてばれては元も子もありません」

「いや……うん、そうだが、そうじゃない」

「……？」

シルヴァンスの言いたいことがわからなくて、リリーベルは返答に困った。空気を変えるように、シルヴァンスがリリーベルの手を引く。

「では、せっかくだしダンスを踊ろうか」

「は、はい……たくさん練習しましたが、大丈夫でしょうか？」

「僕がフォローする。それに……」

いつもの穏やかな瞳ではない、激情を秘めたエメラルドの双眸《そうぼう》がリリーベルを射貫くように見つめた。

「リリーが僕の妻だと見せつけたい」

「いえ、そんなたいそうなものでは……」

リリーベルはそんなシルヴァンスの変化についていけなくて、事実を伝えようと必死になる。

しかしシルヴァンスはそのままダンススペースへ進んでしまい、リリーベルの細い腰を引き寄せた。

すっかり慣れてしまったシルヴァンスのグリーンノートの香りが強まり、リリーベルの心臓は大きく跳ねる。どうにか気を逸らしたくて、シルヴァンスから視線を外した。

「よそ見してると僕の足を踏むぞ?」

「うっ！　それはいけません」

練習の時の痛みに歪むシルヴァンスの顔が甦り、リリーベルはダンスに意識を向ける。本当に基礎の基礎しかできないけれど、それだけを一途に練習してきたのだ。一曲だけで終わらせればダンスができないと怪しまれることもない。

曲の始まりと共に、シルヴァンスはリリーベルにそっと囁く。

「僕だけを見て」

「はい……」

その甘く切ない声に、リリーベルの心臓は音を立てて鼓動した。

ダンスを踊っているからなのか、別の理由があるからなのか、早鐘のように打つ理由を考えないようにすればするほど頭から離れない。

「なにを考えている?　僕に集中して」

「シルヴァ様……」

シルヴァンスの優雅で力強く的確なリードに、リリーベルは身を委ねた。ヒラヒラと舞う蝶《ちょう》のようにドレスの裾を揺らし、ダンスを踊る貴族たちの間をすり抜けていく。

ふたりの瞳にはお互いしか映っていない。触れ合う指先が、手のひらが、身体が、じわじわと熱を持ちはじめる。

（どうしましょう……なんだか顔が火照って、暑くてたまりません……！　でも、ずっとこうしていたいです……）

リリーベルがそう思ったのと同時に、シルヴァンスが呟いた。

「暑いな」

「シルヴァ様も暑いのですか？」

「リリーも？」

「はい。シルヴァ様が触れているところが汗をかいて……不快な思いをさせていたら申し訳ありません」

頬を薔薇色に染めるリリーベルの様子は、暑いというよりも好きな人を前にして恥ずかしがるようにシルヴァンスには見えた。

（まさか……いや、少し確かめてみるか）

次のターンを終えて方向転換する際に、シルヴァンスはさらにリリーベルの身体を引き寄せる。リリーベルの柔らかな身体の感覚に理性を持っていかれそうになりながら、シルヴァンスは妻の様子をうかがった。

ますます頬を染め、ピッタリとくっついたリリーベルは、求めるようにシルヴァンスを見上げている。

「リリー、もっと僕のそばに来てくれ」

「え？」

「不快だと思うわけがない。リリーは僕の妻だろう」

シルヴァンスはキュッとリリーベルの指先を握り、灼けつくような視線で見つめる。

その熱に翻弄されないようにリリーベルは必死だ。いつからこんなにもシルヴァンスを求めるようになったのだろうか。こんな気持ちに気付いてはいけないのに身体が勝手に反応して、頬が上気しシルヴァンスを見つめる瞳が潤んでいく。

シルヴァンスもリリーベルの瞳の奥で微かに燻《くすぶ》る熱に気が付き、今すぐに自分のものにしたい衝動に駆られた。計画などいくらでも変更できる。そう自分に言い聞かせはじめたら、もう止められない。

シルヴァンスは密かに募り続けた激情を解放して、リリーベルを見つめた。

ふたりの想いはわずかに触れ合い、大きなうねりを生む。

「リリー、僕は……」

囁くようなシルヴァンスの声は甘く熱く、リリーベルが心の奥に押し込めた感情の蓋を溶かしていく。

「君を――」

そこでダンスの楽曲がやみ、ダンスホールは貴族たちのざわめきで埋め尽くされた。我に返ったシルヴァンスは、一瞬で冷静さを取り戻し己の行動を省みる。

（僕は今、なにを……？　まだなにも準備が整っていないというのに、迂闊《うかつ》なことを言ってリリーベルに逃げられたら……）

　まだその時ではないと自分に言い聞かせ、シルヴァンスはいつものように穏やかな笑みを浮かべ口を開いた。

「ダンスが終わったな。ここにいては二曲目が始まってしまう。移動しよう」

「は……はいっ！」

　すっかり熱にうかされていたリリーベルもいつもの自分を取り戻し、シルヴァンスのエスコートを受けてダンスホールから抜け出した。

　貴族たちはシルヴァンスがリリーベルへ熱い視線を向けてダンスをしているところを目撃し、いよいよ悪女に陥落したのかといたるところで話をしている。

　それは当然、夜会に参加していたモーゼスの耳にも入り、様子を見るため名無しのもとへと向かった。

　会場をあちこち移動して、ようやく目当ての人物を見つけ出し声をかける。

「アリッサ！」

　シルヴァンスとバルコニーで休憩していたリリーベルは、モーゼスの声にビクッと震えた。恐る恐る声の方へ視線を向けると、そこには長年リリーベルを虐げてきたフレミング夫妻が並んでいる。

「旦……お父様、お母様」

　リリーベルは、今はアリッサなのでフレミング夫妻を父や母と呼ばなければならない。そのことにフレミング夫妻は嫌悪感を示したが、彼らもまた、それを咎《とが》めることはできなかった。

代わりに、できの悪い娘を心配するふりをして、リリーベルを貶《けな》す言葉を投げかける。

「ふむ、どうやら元気にしているようだな。それでマードリック公爵とはうまくやっているのか？」

「貴女のことだから、迷惑ばかりかけているのではなくて？」

「一日も早く子供を作って、王命に従ったと証明するんだ。いいな？」

「そうよ、ちゃんと妊娠できるか微妙なのだから、しっかりお役目を果たしなさいね」

「………」

リリーベルはとても言葉を交わす気になれなかった。あんなにもフレミング侯爵家の役に立たねばと思っていたのに、少しも心が動かない。それどころか、こんな風にしか言われない自分が悲しいとさえ感じてしまう。

目が潤んできたところで、シルヴァンスが耐えきれないといった様子でリリーベルを庇うように前に立った。

「貴方たちは僕の妻を愚弄するのか？」

「いえ、ただ娘がしっかり役目を果たすようにと……」

「いくら妻の両親といえども、あまりに無礼だ。今すぐ下がれ」

シルヴァンスは静かに冷気を放ちながら、はっきりと告げた。これに焦ったのはフレミング夫妻だ。国王の甥でもあるシルヴァンスに正面からぶつかるつもりはない。

「も、申し訳ございません！　そのようなつもりはなかったのです！」

「そうですわ、ただ不甲斐《ふがい》ない娘が心配で……！」

「僕はお前たちに下がれと言ったのだが？」

さらに低くなったシルヴァンスの声で、これ以上はまずいと理解したフレミング夫妻は青ざめた顔で去っていった。

「リリー……帰ろう」

「はい」

リリーベルはシルヴァンスの言葉に力なく頷く。重く沈んだ気持ちのまま、帰りの馬車に乗り込んだ。

＊＊＊

フレミング夫妻もすでに国王たちに挨拶を済ませていたので、シルヴァンスの怒りが爆発する前に慌てて馬車で帰路についた。

馬車の中ではお互いの態度が悪かったとなじり合い険悪なムードだったが、屋敷に到着する頃にようやく落ち着きを取り戻す。エントランスで家令の出迎えを受け、名無しの様子を思い出したモーゼスはベリンダへ話しかけた。

「名無しだが、あの様子だと案外うまくやっているんじゃないか？　以前出した手紙の返事でも問題ないと言っていたしな」

「そうみたいね。せいぜい役に立って、ここまで育ててきた恩を返してもらいたいわ」

「うむ、名無しが役目を果たせばアリッサが買い物に行く頻度も落ち着くだろう。それまではなんとか……」

フレミング夫妻がそんな会話をしていると、両親の帰りを待っていたアリッサがエントランスへ下りてくる。

退屈すぎて夜会の話でも聞きたいのかとモーゼスとベリンダは思ったが、アリッサから発せられたのはふたりを責め立てるような言葉だ。

「ちょっと、今のはどういうこと?」

「アリッサ！　喜びなさい、名無しがうまくやっているみたいで、きっとすぐに自由の身になれるわ！」

「なんで名無しがうまくやっているの⁉」

「アリッサ、どうした？　名無しがさっさと子を産んで戻ってこなければ、お前は自由になれないのだぞ?」

「違う！　あんなに素敵な方だなんて聞いてないわよ！　シルヴァンス様は頭のおかしな研究者じゃないわ！　わたしこそが妻にふさわしいってずっとお願いしているのに、どうして聞いてくれないの⁉」

半年ほど前からアリッサがマードリック公爵の妻になると言っていたのだが、フレミング夫妻は愛娘の心情を理解できない。シルヴァンスについては、確かに顔はいいが中身が最悪だ。今日だって妻の両親に対する態度ではなかった。それになによりも、悪い噂ばかりでとてもアリッサを預けられる相手ではないのだ。

「アリッサ、あの男だけはダメだ。あんな常識も将来性もない男のところに嫁がせるのが嫌で、名無しを身代わりにしたのだ」

「そうよ、アリッサ。貴女はわたくしのかわいい娘ですもの、婿を取るくらいでないと安心できないわ」

「もう！　お父様もお母様もシルヴァンス様をちゃんと見たの!?　あんなに美形なら私が嫁いでもよかったと言っているのよ！　しかも名無しがうまくやっているなんて、冗談じゃないわ……!!」

リリーベルがあのシルヴァンスとうまくやっていると聞き、アリッサの心の中は嫉妬で荒れ狂う。惨めな気持ちで見つめるしかできなかったカフェの光景が、ありありと脳裏に甦った。

「だが、人体実験でもされたらどうするんだ！　私たちはアリッサが心配なのだ！」

モーゼスは親心を理解しないアリッサに気持ちを伝える。それでも納得できない様子のアリッサをどう説得しようかと頭を悩ませた。

そこでアリッサがポツリと呟く。

「それなら……名無しがいるじゃない」

「ええ？　確かに名無しが身代わりで嫁いだけれど……アリッサ、なにが言いたいの？」

「わたし、マードリック公爵家に行くわ。あんなに条件がいいなんて聞いてないもの！　マードリック公爵夫人はわたしなのよ！　わたしから全部奪った名無しを、絶対に……絶対に許さないから‼」

フレミング夫妻の言葉がアリッサに届くことはなく、自ら地獄へと落ちていくのだった。

第五章　新しい侍女

王太子の夜会から戻った三日後、やっと平穏な日々を過ごせると思っていたリリーベルに思いがけない知らせが届いた。

「えっ……フレミング侯爵家から侍女がやってきたのですか？」

「はい、名前がナナシという者なのですが、お心当たりはございますか？」

「ナナシ――」

その名を聞いたリリーベルは、思わず立ち上がる。

（確かに心当たりはありますが、いったいどういうことでしょうか……？　シルヴァ様にだけは迷惑をかけたくありません）

ともかく事情を把握しようと、リリーベルはその侍女と会うことにした。

応接室で待っているというので、そっと扉を開くとひとりの女性が立ち上がる。ダークブロンドの髪に眼鏡をかけた金色の瞳を見て、リリーベルはすぐに誰か理解した。

（アリッサ様……‼）

本物のアリッサが目の前にいることに、リリーベルは息を呑む。ひとまずエレンたちを下がらせ、リリーベルはアリッサとふたりきりで話をすることにした。

「アリッサ様……いったいこれはどういうことでしょうか？」

久しぶりに対面したアリッサを見て、フレミング侯爵家での出来事が一気に甦り、リリーベルの声が震える。十年間、どんな命令にも従い身を削って仕えてきた。この世の理不尽の掃き溜めみたいな、あの世界がリリーベルに迫ってくるような錯覚に襲われる。

そんなリリーベルの様子など歯牙にもかけず、アリッサは大きなため息をついた。

「はあぁ、本当に名無しは鈍いわね」

「申し訳ございません。説明していただけますか？」

アリッサはお茶で喉を潤してから、「よく聞きなさいよ」と言って語り出す。

「わたしね、思ったの。やっぱり身代わりなんてよくないって。だから、わたしが侍女のナナシとして来たから、公爵夫人の座を返してちょうだい」

「……っ！」

その言葉にリリーベルは身体が強張る。

リリーベルが無言でいるのをいいことに、アリッサは次々と棘《とげ》だらけの言葉を吐き出した。

「ねえ、わかってるの？　本物はわ・た・し！　名無しは偽物なの！」

容赦ないアリッサの言葉がリリーベルの心を深く抉《えぐ》っていく。それが事実なだけに反論することもできない。いや、そもそもフレミング侯爵家の奴隷であるリリーベルは、アリッサに逆らってはいけないのだ。

「今までここで贅沢《ぜいたく》な暮らしができただけでもよかったじゃない。あんたにはもったいないくらいの幸せだったでしょう？」

確かにシルヴァンスと過ごす日々は平穏でリリーベルは幸せを探さなくても満たされている。名前のなかったリリーベルに名付けまでしてくれて、だからこそシルヴァンスに少しでも恩返しをしたくて、役目を果たそうと必死に勉強してきたのだ。

リリーベルにとって、マードリック公爵家は、シルヴァンスの妻という立場は、何物にも代え難い大切な居場所になっている。

「確かに、私は身代わりですが……」

やっと絞り出したリリーベルの言葉に被せるようにして、アリッサは怒鳴った。

「だから身代わりのあんたはもう必要ないって言っているの！　奴隷のくせにわたしの命令に逆らうんじゃないわよ！」

そう言って、アリッサはリリーベルの肩を強く押した。力が抜けていたリリーベルは、その衝撃でカーペットに倒れ込む。

「あははは！　やっと名無しらしくなったわね。あんたはそうやって地面で這《は》いつくばっていればいいの。さ、早くわたしと入れ替わりなさい！」

アリッサはリリーベルにマードリック夫人の座を返せと、力強く命令した。

それはつまり。

（もう、シルヴァ様の隣にいられない……）

シルヴァンスの笑顔も、うたた寝した時の寝顔も、食事の時に楽しそうに優しく微笑むのも、もう見られなくなるということだ。

心が引き裂かれるような痛みを感じて、リリーベルは言葉が出ない。できることなら、はっきりと断りたいがリリーベルはアリッサの身代わりでしかないのだ。本来はシルヴァンスと言葉を交わすこともできない立場だと、現実を突きつけられる。

「ちょっと、名無し！　聞いているの⁉」

フレミング侯爵家で呼ばれ続けた名で叱責され、リリーベルの心は奴隷のように働いていたあの頃へ戻っていった。

「承知いたしました……」

ギュッと握りしめたドレスは鮮やかなエメラルドグリーンで、シルヴァンスの優しい眼差しを思い出させ、リリーベルの胸をさらに締めつける。

それから一旦私室へ戻り人払いをして、リリーベルは今までの出来事をアリッサに詳しく話しはじめた。

「はあ⁉　身代わりだってばれたの⁉」

「はい。こちらに来てすぐに見破られましたが、シルヴァ様は懐が深く、私を受け入れてくださいました。そして……リリーベルという名をくださいました」

これまでの状況を理解してもらわなければ、アリッサとリリーベルが入れ替わるのは無理だと考え、事細かに説明していく。

「なんなのよ、その状況！　それならわたしが名無しのふりをしないといけないわけ⁉　どうしてわたしがリリーベルなんて呼ばれないといけないのよ！」

「……それから、シルヴァ様と愛称でお呼びしていますので、お気を付けくださいませ」

本当はリリーベルと名付けられたことも、シルヴァンスを愛称呼びしていることも教えるのは抵抗があった。だが突然呼び方を変えたら、リリーベルとアリッサが入れ替わったと確実にシルヴァンスが気付いてしまう。

いくらシルヴァンスが心優しくても、定期的に報告をしている上に隠しておける内容ではないため、国王に伝わるのは時間の問題だ。そうなったら、アリッサに待っているのは、王命に逆らった罪で極刑に処される未来しかない。

リリーベルは自分が処罰されるのは仕方ないと思えるが、どうしてもアリッサを陥れるような真似はできなかった。

(でも、契約結婚のことだけは言えません。シルヴァ様と交わした他言無用の約束は破りたくないです……)

ここでリリーベルが黙っていたとしても、あと一年ほどでアリッサは自由になるのだ。無闇やたらにシルヴァンスに近付かないように、と伝えるしかないとリリーベルは思った。

「またシルヴァ様は研究の邪魔をされることを嫌いますので、お声がかかるまでは近寄りませんでした。その代わりに三度の食事とお茶の時間をご一緒していますわ」

「あ、そ。まあ、わたしには関係ないわ」

「いえ、初日にははっきりと近付くなと言われております。無闇に近付きシルヴァ様のお怒りを買っては罪を償えません」

リリーベルがシルヴァンスに近付くなと言われたことを口外してはならないとは、契約書には書かれていなかった。これなら契約違反にならないと考えアリッサへ伝える。

「はあ⁉　だったらどうやって子供を作れって言うのよ！」

「アリッサ様、大丈夫です。焦らずとも必ず罪は償えます」

詳しくは言えなくとも、希望があるのだとリリーベルは懸命に訴えた。しかしアリッサはリリーベルの言葉を聞くどころか、厳罰を受けかねない本音を叫ぶ。

「罪を償うなんてどうでもいいわ！　それよりも、せっかく公爵夫人になったんだし、贅沢して優雅に暮らした方がいいじゃない。子供を産んで公爵夫人として好き勝手したくてきたのに！」

アリッサの言葉を聞いて、リリーベルは悲しくなった。シルヴァンスの妻になる目的がそんなことだったのかと、拳を固く握りしめる。

シルヴァンスのためにも、アリッサの説得を試みた。

「そんな……アリッサ様、罪を償ってフレミング侯爵家へ戻りましょう。それが一番です」

「うるさいわね！　シルヴァ様は名無し相手でも街中であんなに親しげだったから、本物のわたしと接したらもっと夢中になるはずよ！　わたしはあんな家より、公爵家の方がいいの！」

ところがアリッサはなぜか街でのふたりの様子を知っていて、リリーベルの話を聞く気がまったくないようだ。困り果てたリリーベルは侍女としてアリッサについて歩き、シルヴァンスの研究の邪魔だけはしないようにしようと心に決める。

「ほら、そろそろ着替えて！　いつまでわたしにこんな格好をさせておくつもり⁉」

リリーベルは悲鳴をあげ続ける心を押し隠し、ドレスに手をかけた。衣装を交換し、左手の薬指に視線を落とす。

『ああ、よほどのことがない限り外すな』

シルヴァンスの言葉を思い出して、リリーベルの気持ちはますます重く沈んだ。

（……この状況では仕方ありません。アリッサ様と入れ替わるのですから……）

それから、シルヴァンスがプレゼントしてくれたすずらんの髪飾りも、シルヴァンスと対の結婚指輪もアリッサに手渡す。

「なによ、これ？」

「シルヴァ様に買っていただいた髪飾りと結婚指輪です。毎日これをつけていました」

「ふうん、いまいちな指輪ね。それに髪飾りはわたしの趣味じゃないわ。どうせ買ってもらうなら、もっとセンスのいいやつにしなさいよ」

シルヴァンスの心遣いをバッサリと切り捨てられたように感じて、リリーベルは眉根を寄せて込み上げる感情をこらえた。

アリッサは文句を言いつつも髪飾りをつけたが、大切な宝物なのにぞんざいに扱われて、悲しみと怒りがリリーベルの心を占拠する。

（いけません、私は幸せ探しの達人なのです。こんな感情を抱いてはいけません……！）

アリッサと衣装を交換し、綺麗にしてもらったメイクを落として眼鏡をかけた。髪をまとめてネットで押さえ、アリッサがつけていたダークブラウンのウィッグをつける。

屋敷の使用人については公爵夫人であるリリーベルにも人事権があるので、シルヴァンスの許可を取る必要はない。

（シルヴァ様に相談せずに決めて申し訳ないですが……本来ならアリッサ様が妻として罪を償うはずだったので、これが正しい形なのです……）

そうしてリリーベルはアリッサの侍女として、この屋敷で過ごすことになった。

まずはリリーベルの侍女であるエレンに挨拶をする。

「エレン様、私はアリッサ様の侍女を務めることになりましたナナシと申します。どうぞよろしくお願いいたします」

今までとは立場が逆転したが、リリーベルはむしろこちらの方がしっくりくるのだ。印象がよくなるように微笑んで、慣れ親しんだ使用人の礼をする。

「わたくしはエレン・ロッシュです。まだ名乗っていなかったけれど……リリーベル様にお聞きしたのかしら？」

「は、はい！　先ほど少しお時間をいただいた際に、いろいろと教えていただいたのです！」

「やはりそうなのね、本当にリリーベル様は心遣いができてお優しい方なのよ。貴女もフレミング侯爵家からリリーベル様を追いかけてきたのね？」

エレンの褒め言葉にどう答えていいのかわからなかったリリーベルは、笑ってごまかした。

うまい具合にエレンが「そうよね！　わかるわ！」と力強く頷いてくれたので、そのまま話を切り替える。

アリッサの世話はすべて侍女である自分がするとエレンたちを説得して、リリーベルはいつものように身を粉にして働きはじめた。使用人としてエレンから屋敷のことを詳しく教えてもらい、忘れないように頭に叩き込んでいく。

アリッサがこの屋敷に慣れるまでは、リリーベルがうまくリードしつつ仕事もこなさなければならない。

「アリッサ様、そろそろシルヴァ様と夕食の時間です」

「もうそんな時間？　ふふ、楽しみね」

ウキウキと足取りの軽いアリッサと対照的に、リリーベルは重く沈んだ気持ちでいっぱいだ。

しかしアリッサがリリーベルを気遣うことなどない。

（シルヴァ様の研究は進んだのでしょうか……あまり無理をしてほしくないのですが）

リリーベルはシルヴァンスの体調を案じながら、マードリック公爵家の間取りがわからないアリッサを先導して食堂のドアを開ける。

一番に目に飛び込んできたのは、ゆったりと椅子にかけお茶を飲んでいるシルヴァンスの姿だ。胸の辺りがギュッと締めつけられるが、今のリリーベルは声をかけることすらできない。

アリッサはシルヴァンスの姿を確認すると、さっさと食堂の席に着く。

「お疲れさまです、シルヴァ様」

リリーベルがいつも声をかけるのと同じように、アリッサがシルヴァンスに挨拶をした。

シルヴァンスはパッと顔を上げ、わずかに瞠目《どうもく》してアリッサを凝視している。

リリーベルがいた場所は、もうアリッサのものになってしまった。シルヴァンスは数秒間、アリッサを見つめていたが、侍女に扮《ふん》したリリーベルの存在に気付き問いかける。

「そこの侍女は？」

「フレミング侯爵家からやってきた侍女です。ナナシと申しまして、これからはこの子がわたしの身の回りの世話をすることになりました」

「……へえ、そう」

シルヴァンスの視線が真っ直ぐにリリーベルへ向けられて、思わず俯いてしまった。一卵性双生児であるリリーベルとアリッサが入れ替わったとしても、誰も気が付くはずがない。リリーベルにしてもウィッグをつけて髪色を変え、眼鏡をかけて変装している。

そのはずなのにひと目で見破ったのかと思うほど、シルヴァンスは突き刺さるような視線をリリーベルへ向けていた。絡みつくような視線を振り払うように、他の使用人と同じく壁際に立ち、静かにふたりの様子を見つめる。

「……まあ、いいや。では食事を始めよう」

シルヴァンスはリリーベルから視線を外し、黙々と食事を始めた。アリッサはシルヴァンスの関心を引きたいのか、積極的に話しかける。

「シルヴァ様、明日はなにかご予定がありますか？」

「研究で忙しい」

NOT FOR SALE
ベリーズファンタジースイート1周年限定特典
「冷酷な公爵様は名無しのお飾り妻がお気に入り
～悪女な姉の身代わりで結婚したはずが、気がつくと溺愛されていました～」
©里海 慧・なおやみか/スターツ出版

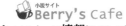

「では次に街へ行くのはいつでしょうか？」

「しばらく先になる」

ふたりの会話を聞いていたリリーベルは、シルヴァンスの言葉がいつもより端的な印象を受けた。リリーベルと食事する際はもっと柔らかく笑って、料理についてもいろいろ話してくれていたのだ。

「そうですか……残念です」

「お詫びに、プレゼントを贈ろう。準備にしばらくかかるから、待っていてくれ」

「えっ……本当ですか⁉　嬉しいです！　シルヴァ様、ありがとうございます！」

にこやかに会話するふたりの姿は、リリーベルの心を深く抉る。

（これが本来の姿なのに、なぜ悲しくなるのでしょうか……。私はあくまでも身代わりなのです……）

こぼれそうになる涙をなんとかこらえて、リリーベルは自分に「これが正しいのだ」と何度も何度も言い聞かせる。

正しい姿に戻ったはずなのに、どうしてこんなに胸が痛むのか。その理由を深く考えたら、リリーベルはもう笑えない気がして夕食のメニューへ意識を逸らした。

（あっ、今日はビーフシチューですね……！　そういえば、マードリック公爵家は使用人たちにどんな食事を提供しているのでしょうか？　迂闊にもまったく気が回っていませんでしたが、楽しみがひとつできました！）

いつも苦難を乗り越えてきたように、リリーベルは楽しいことを考える。どんな逆境でも小さな幸せを見つけられるのがリリーベルの特技だ。美味しい食事が食べられたら、それだけでとても幸せな気持ちになれる。

(美味しい夕食をいただけば、この胸の痛みも消えるはずです……)

それからリリーベルはアリッサの世話を終えて、エレンに声をかけた。

「エレン様、アリッサ様がお休みになられましたので、私も食事をいただいてよろしいでしょうか?」

「えっ……こんな時間まで食べていなかったの?」

時間はすでに深夜に近い。フレミング侯爵家ではごく当たり前のことだったが、ここでは違うようだとエレンの反応で理解した。

「はい、マードリック公爵家での勝手がわからず、申し訳ありません」

「違うのよ、わたくしの方こそ気が回らずにごめんなさいね。すぐに料理長に用意してもらうから、使用人の休憩室で待ってもらえるかしら?」

「はい、かしこまりました」

リリーベルはエレンの言葉に従い、使用人たちが休憩する部屋へ向かう。しばらくするとエレンが食事を載せたトレーを運んできた。

「はい、お待たせしたわね。お腹が空いたでしょう?　今日はリリーベル様の好きなビーフシチューだったのよ」

「えっ……！　同じメニューなのですか？」

「ええ、公爵様は使用人にも同じメニューを出してくださるの。冷たく見えるかもしれないけれど、本当は心温かいお方なのよ」

リリーベルは、シルヴァンスの思いやりを知りじんわりと心が温かくなる。

（今日一日でも思いましたが、マードリック公爵家はとても働きやすいお屋敷です。すべてシルヴァ様の采配だったのですね。さすがです……！）

エレンに礼を言って、リリーベルはビーフシチューを口に運んだ。いつもと同じ料理なのに、なんだか違う気がする。

（……おかしいです。確かに美味しいのですが、いつものように気持ちがふわふわしてきません）

深夜の休憩室でひとりきりの夕食が、リリーベルはなぜか味気なく感じた。

（今まではシルヴァ様と一緒だったから、さらに美味しかったのですね……）

そしてリリーベルの中でどうにもならないほど、シルヴァンスの存在が大きくなっているのだと自覚してしまう。

（私は、いつの間にかシルヴァ様を……好きになっていたようです）

ずっと目を逸らしてきたリリーベルだったが、もう自分の気持ちをごまかすことができない。

ビーフシチューを口に運ぶたびに、シルヴァンスと笑いながら食事した光景が思い浮かぶ。

ポロリとひと粒の雫《しずく》が頬を伝った。

「シルヴァ様……」

その名を呼んでも休憩室は静かなままで、もうリリーベルがシルヴァンスと触れ合うことはない。今でも、夜会でシルヴァンスと踊ったダンスの熱が指先に残っているのに。

その事実がリリーベルの心に深く突き刺さる。

「シルヴァ……様……！」

ダムが決壊したようにあふれ出た感情を止められず、リリーベルはいくつも大粒の涙をこぼした。食事を下げて、リリーベルは使用人として与えられた部屋で眠れぬ夜を明かす。

その部屋とてフレミング侯爵家で与えられた部屋とは雲泥の差だ。綺麗な寝具に使いやすい机とクローゼットがついている。窓から朝日が差し込んできて、リリーベルは涙に濡《ぬ》れた瞳を外へ向けた。

リリーベルは気持ちの整理をつけようとして失敗した。シルヴァンスに大切にされる幸せというものを知り、未練たらしくそばにいたいと願ってしまう。

アリッサとシルヴァンスが寄り添う姿を見れば傷つくとわかっていても、どうしても離れたくない。

（せめてシルヴァ様のそばにいたいです。アリッサ様の侍女としてでも構いません。ここにいられる間だけでも……）

朝日を浴びながら、リリーベルは悲壮な決意を固めた。

それからリリーベルは慌ただしい毎日を過ごしている。アリッサと入れ替わり、早くも十日が過ぎた。

「アリッサ様、本日のドレスはこちらでいかがでしょうか？」

「はあ？　そんなの着たくないわ。違うものを持ってきて」

「はい、失礼いたしました」

毎朝のドレスもアリッサは絶対に一度では頷かない。かといって、自分で選ぶわけでもなく、リリーベルが持ってきたドレスにケチをつけるだけだ。

（フレミング侯爵家の時よりも厳しい気がします……これもシルヴァ様の態度が原因でしょうか）

アリッサが食事の時によく話しかけていたが、シルヴァンスは研究が行き詰まっていると言ったきりまともに返事をしなくなった。

そのせいでふたりの会話がなくなり、ただただ黙々と食事やお茶を口に運んでいる。

茶葉のブレンドは相変わらずリリーベルがしていたので、毎回注意深くシルヴァンスを観察していた。やはり睡眠不足になっていることが多く、安眠効果の高いブレンドばかりになっている。

それがおもしろくないアリッサは、お茶会から私室へ戻りリリーベルに当たり散らした。

「ちょっと、なんでシルヴァ様は会話すらしないのよ!?　あれだけわたしが話しかけているのに、どういうことなの!?」

「おそらく研究が行き詰まりお悩みになっていると思われます。しばらくすればまた以前のように……」

「うるさい！　名無しのくせにわたしに意見しないで！」

「申し訳ございません」

フレミング侯爵家の時と同じように、アリッサはリリーベルの意見を聞くことすらしない。

「それに、なんなのよ、あの公爵夫人としての勉強は……！　わたしにはそんなもの必要ないのに、本当に面倒くさいわ。お金も勝手に使えないし、全然自由がないじゃない‼」

リリーベルも同じスケジュールで日々を過ごしていたが、シルヴァンスの役に立ちたいという気持ちが強く、公爵夫人の勉強も楽しかったからまったく苦にならなかった。

しかしアリッサは勉強が嫌いのようで、不満が募る一方だ。ドレスも装飾品も公爵夫人として十分すぎるほど用意されていて、新たな買い物をする必要がない。外出しようとしても、エレンやジェイドに教師が待っていると止められ屋敷から出ることすら叶わなかった。

「……ねえ、名無しは外出できるのかしら？」

「えっ、どうでしょうか。考えたこともありませんでした」

「今すぐ確認してきなさい！」

「はい、承知いたしました」

リリーベルが私室から出てエントランスへ下りると、ちょうどジェイドが客人を見送ったところだった。

客人の後ろ姿を見たが、どうやらセドリックのようだ。シルヴァンスと親しげにしていたから、もしかしたら研究が進まず相談相手になったのかもしれないとリリーベルは考える。

「おや、ナナシさんではないですか。どうかしましたか？」

「はい、実はアリッサ様のお使いで外出したいのですが、私ひとりで出かけるのは可能でしょうか？」

「ふむ。そうですね、それなら問題ありません。ここは街から離れていますから、事前に私にお知らせいただければ馬車も用意しましょう」

「ありがとうございます。それでは、アリッサ様にご報告してまいります」

そう言ってすぐに私室へ戻ろうとするリリーベルに、ジェイドが声をかける。

「あ、ナナシさん。なにかお困り事などありませんか？　しっかり食事をしていますか？」

「はい、大丈夫です。お食事も美味しくいただいています」

リリーベルの返事は半分嘘で半分本当だった。特に困っていることはないが、どうしても食事が喉を通らない。盛りつける量を減らしてもらい、なんとか口に押し込んでいた。おそらく誰かからそのことを聞いて、ジェイドは心配してくれたのだろう。

「……なにかあれば、すぐに私かエレンに申しつけてください」

「ありがとうございます」

ジェイドの思いやりあふれる言葉に笑みを浮かべて、リリーベルはアリッサのもとに戻った。

（まさか、シルヴァ様と一緒じゃないから食欲がないなんて言えないわ……）

なかなか面倒な自分の気持ちに苦笑いして、アリッサへ許可が出たことを伝える。

「アリッサ様。私なら外出してもよいと許可をいただきました」

「そう！　やっぱりね、そうじゃないかと思ったのよ。それじゃあ、名無しはわたしと入れ替わりなさい！」

「え？　ですが……」

「もう、いちいち言わないとわからないの⁉　名無しは私の代わりに面倒な勉強をして、食事とお茶の時間はわたしがアリッサに戻るわ」

アリッサの提案にリリーベルは、言葉を返せない。そんなことをしていては、いずれ入れ替わっているのがばれて、厳罰を下されるのではないかと考えた。

「アリッサ様、このまま時を過ごせば必ずフレミング侯爵家へ戻れるのです。シルヴァ様を欺く行為はおやめになった方が――」

「はあ⁉　わたしに逆らうっていうの⁉」

「いいえ、そういうわけではなく、アリッサ様の将来を考えればこそ、誠実に過ごされた方がよろしいかと……」

「いいから、名無しは黙ってわたしの命令に従っていればいいのよ！　早くその服を脱いで寄越しなさい‼」

なにをどう伝えても、アリッサの神経を逆撫でしてしまうばかりでリリーベルに打つ手はなくなった。それでも身動きせずにいるとアリッサが苛立ち、リリーベルの服を脱がそうと手を出してくる。

「おやめください、アリッサ様！　お願いですから、どうか誠実に……！」

「黙りなさい！　わたしに意見するなんて許さないわ‼」

そうしてリリーベルは衣装もウィッグも剥ぎ取られ、代わりにアリッサが着ていたドレスを投げつけられた。

「いい？　これからわたしが外出したい時は、黙って名無しの服を渡しなさいよ。そうでなければ名無しみたいな役立たず、フレミング侯爵家に戻すから！」

「……は、い。承知いたしました」

シルヴァンスのそばにいたいリリーベルは、そう言われてしまっては逆らうことができない。

グッと拳を握り、アリッサの命令を聞き入れた。


それからアリッサはナナシのふりをして、意気揚々と出かけるようになった。

最初のうちは毎回ちゃんとシルヴァンスと食事の席を共にしていたが、あまりにも会話がない日が続き、今では食事の時間すら気にせず外出している。

リリーベルが食事の席に着くと、シルヴァンスは以前と変わらない笑顔を見せるようになった。

「リリー、この前のブレンドがとてもよかったから、少し多めに用意しておいてくれ」

「はい、承知しました。他にお気に召したブレンドはありますか？」

「そうだな……三日前の夕食後に出されたお茶も頭がスッキリしてよかった。あれはいつでも飲みたい」

「そうなると少し覚醒作用が強すぎるので、おやすみ前でも飲めるように調整いたします」

「うん、ありがとう」

シルヴァンスの態度の変化については、研究がスムーズに進み出したのだとリリーベルは受け止める。さらにブレンドしたお茶をリクエストしてくれるくらいには打ち解けられて、シルヴァンスへの想いは募るばかりだ。

「リリー」

「はい、なんでしょう？」

「なにか困っていることはないか？」

珍しくシルヴァンスがそんなことを聞いてきた。

アリッサのことで気を揉んではいるが、これればかりはシルヴァンスにも相談できない。隠し事をしているのは気が引けるけれど、リリーベルはアリッサが早く改心するよう祈るばかりだ。

「大丈夫です。シルヴァ様こそ、あまり無理をしないでくださいね」

それに、アリッサのわがままに振り回されているけれど、リリーベルはシルヴァンスの隣にいられることが嬉しくてたまらない。

自分が狡《ずる》いことをしているとわかっているが、どうしてもシルヴァンスと一緒にいられる状況を手放せなかった。

（どうか、このまま穏やかに過ごせますように……）

だがリリーベルの祈るような願いは、アリッサには通じない。

その日、夕食を終えて私室へ戻ると、アリッサがご機嫌な様子でリリーベルへ一枚の請求書を渡してきた。

「はい、これ今日のツケよ。あの冷血公爵へ渡しておいて」

「っ！　アリッサ様、請求はフレミング侯爵家宛ではないのですか⁉」

「はあ？　仕方ないでしょう。お父様からもうこれ以上は無理だって言われたのだから。それに本来の妻であるわたしが使っているのだから、夫であるあの男が支払うべきでしょう。いいから、黙って渡しなさいよ！」

アリッサは最初、高級レストランや街へ出かける時のドレス、それから美容品などを買い漁っていた。リリーベルから見たらどれも大金なのだが、それらはすべてフレミング侯爵家へ請求していたのだ。

それがフレミング侯爵家のツケで支払えなくなり、マードリック公爵家のツケにしたという。

アリッサはこれまでシルヴァンスに冷たくあしらわれていたので、すっかり冷血で嫌な男だと思っていた。

「では、こちらの金額はどのような商品を購入された代金なのですか？」

もし必要なものを購入した経費としてなら、正式に請求できるかもしれないとリリーベルは考える。

「それはねえ、次にエイドリアン様とお出かけする時のためのドレスと装飾品一式を買ったの。明日には届くから、その時に支払ってもらえるようにしておいて。それからわたしが出かける時はちゃんとエントランスで見送りなさいよ」

リリーベルがナナシのふりをした派手な格好のアリッサを見送るということは、その行動を認めている、もしくは命じていると周囲に示すことになる。この屋敷の人たちをも欺こうとするアリッサの意図を読み取り、感情が昂《たかぶ》ったリリーベルは思わず反論した。

「アリッサ様、衣装でしたら十分すぎるほど用意していただいています。それにエイドリアン様とはどなたですか？」

「誰でもいいでしょう。名無しには関係ないわ！　それとも、名無しが袖を通したお下がりのドレスをわたしに着ろというわけ⁉　そんなのありえない‼」

そんな理由で公爵家宛のツケで買い物をしたのかと、リリーベルは青くなる。公爵夫人としての教育を受けているからこそ、この行為がシルヴァンスの財産を食い潰す行為だと即座に理解した。

「アリッサ様、こんなことをしていたら、マードリック公爵家から追い出されてしまいます」

「だから、わたしに口答えしないで！　そうならないように、名無しがうまく説明しなさいよ！　せっかくのいい気分が台無しだわ‼」

「………………」

リリーベルはグッと唇を噛みしめる。シルヴァンスの不利益になるようなことはしたくないが、アリッサがリリーベルの話を素直に聞くはずもない。

どうしたらアリッサの無駄遣いをやめさせられるのか、リリーベルは考え続けた。

＊　＊　＊

その頃、フレミング侯爵家は大変な状況に陥っていた。

モーゼスは投資の運用と領地で取れる魔石の販売で、領地経営をしている。マードリック公爵家と縁ができたことで魔石の販売により大きな利益を出したのだが、投資で失敗をして大きな負債を作ってしまった。

いつもなら借り入れをしてなんとか乗り越えるのだが、今回はどこからも融資を受けられず困窮している。

「どういうことだ……？　ここも融資を断られたなんて……」

「旦那様、このままでは経営が破綻してしまいます。もし破綻してしまったら、領地は国の管理下に置かれて……」

「そんなことはわかっている！　それよりもなにか改善策を考えんか！」

「そうおっしゃいますが、ここまでくるともう魔石鉱山の権利を売るしかありません」

長年勤める家令と相談しているが、なにも解決策が浮かばずにっちもさっちもいかない状況だ。

そんな時に郵便が届き、それがツケで購入したアリッサの美容品の請求だと知ったモーゼスの怒りが爆発した。

「あの馬鹿はいつまで親の脛《すね》をかじれば気が済むのだ!! 結婚したのだからいい加減、マードリック公爵家で支払えばいいだろう!!」

名無しが出ていってからアリッサのストレス発散方法は買い物になり、モーゼスは毎月多額の請求を支払ってきた。経営状況などなにも気にせず浪費するアリッサに、頭を悩ませていたのだ。だからアリッサがマードリック公爵家に行くと言った時は、強く反対はしなかった。

フレミング侯爵家から出ていったので、これで落ち着くかと思ったがそんなことはなく、アリッサの支払いは経営を圧迫している。

「おい、街の店舗にアリッサのツケは今後支払わないと通達を出しておけ」

「承知いたしました」

家令は速やかに行動に移し、翌日にはアリッサがフレミング侯爵家のツケで買い物ができないように手配した。

だが、問題はこれだけでは解決しない。根本的に資金不足なのだ。アリッサの請求を拒否して三日経つが、妙案は思いつかなかった。

「どうしたものか……」

「旦那様、失礼いたします。マードリック公爵家より至急の手紙が届いております」

「こんな時にいったいなんの用件だ?」

モーゼスはまた問題勃発かと沈む気持ちで封を開ける。手紙はシルヴァンスからで、その内容を読み進めていくうちに自然と笑みが浮かんだ。

「なんということだ！　マードリック公爵が融資をしてくれるそうだ！」

「旦那様、それは本当ですか⁉　もしや、名無しが嫁いだからでしょうか？」

「ああ、最後にいい仕事をしてくれたようだ。来週にはマードリック公爵と会って、書類にサインしてくる」

これで助かったと、モーゼスは心から安堵《あんど》した。今後はアリッサの無駄遣いもマードリック公爵が支払っていくだろう。融資を受けられれば、領地経営は安泰だ。

モーゼスは、やっと危機を乗り越えたと思っていた。

＊　＊　＊

「ジェイド、明日はフレミング侯爵と契約書を交わすが抜かりないな？」

「はい、ご命令通りに仕上げております。確認されますか？」

「そうだな。見せてくれ」

研究室の一室でシルヴァンスは机を椅子代わりにして、ジェイドと書類を精査していた。ここは普段から魔石の加工や実験に使う部屋で、完全防音が施されており話し声は外に漏れることはない。

(この書類にサインをもらえれば、僕が危惧している問題は片付けられるけど……)

シルヴァンスは書類を端から端まで読んで、浮かない顔のままジェイドに返す。

しかし一番の問題については解決の糸口すら見つけられない。

「シルヴァンス様、まだ悩んでおられるのですか?」

「まだというか……リリーの気持ちがさっぱりわからない」

「リリーベル様は非常にわかりやすいと思いますが」

ジェイドの言葉はもっともだ。美味しいものを食べた時の嬉しそうな顔、新しいものを見つけた時のワクワクした顔、優しく話しかけてほわんと笑う顔。どれもリリーベルの気持ちを素直に表していて、もっと喜ぶ顔が見たくなる。

「そうなんだが、肝心なところがわからないんだ」

「それならご本人に直接尋ねるのがよろしいのでは?」

「……簡単に聞けていたらこんなに悩まない」

ジェイドの正論にシルヴァンスは拗《す》ねた子供のような返事しかできない。

リリーベルが今なにを思い、なにを求めているのかシルヴァンスは知りたいが、それを聞いて拒絶されてしまったらと思うと、踏み込むことができなかった。

夜会でリリーベルとダンスを踊った時に感じた熱も、今では幻だったのではないかと思うほどリリーベルの行動が理解できない。

これ以上ひとりで考えても答えが出ないので、シルヴァンスは思考を切り替え別の事案についてジェイドに尋ねる。

「それから、調査の方はどうなっている？」

「はい、こちらはシルヴァンス様の読み通りでした。証人となる人物も確保しすでに保護しております」

「そうか、順調だな。あとは……セドリックも使って調整すれば問題はないな」

先日王太子であるセドリックにある頼み事をした。見返りはシルヴァンスの口から事の経緯を詳しく語るというものだったので了承したが、今では早まった決断だったかもしれないと思いはじめている。

（絶対にリリーのことも根掘り葉掘り聞いてくるに違いない。やっぱり別の人間に頼むか？いや、それができないからセドリックに……はあ、面倒だな）

シルヴァンスはリリーベルがブレンドしたお茶を飲み干し、腰を上げた。これでも若くして公爵となり、シルヴァンスはそれなりに経験を積んでいる。さらに天才的な頭脳を使えば、国取りだって造作もない。

それをしないのは、シルヴァンスの研究に支援してくれるセドリックの存在が大きかった。魔石の情報をいち早く流してくれて、そのおかげで研究資材を確保できている。

（だけど、セドリックには随分助けられているのも事実だ。そこは感謝すべきだな）

今回も研究とは別件なのに、快くシルヴァンスの頼みを聞いてくれた。そんな存在に素直に感謝できるようになったのは、リリーベルのおかげかもしれない。

（リリーのあの素直さが、僕にも伝染したみたいだ……）

真っ直ぐで、いつも前向きで、シルヴァンスを認めてくれたリリーベル。

「リリーはもう休んだか？」

「はい、先ほどお休みになったようです。最近は忙しくされていましたので、疲れも溜まっていらっしゃるのでしょう」

「そうだな。なるべく滋養強壮効果のあるメニューにしろと料理長へ伝えてくれ」

「はい、かしこまりました」

シルヴァンスは、書類にサインされたリリーベル・フレミングの名をそっと撫でる。リリーベルと契約した時からずっと考えてきた。

（僕にはリリーが必要だ。これから先も、ずっと――）

そのためにシルヴァンスは使えるものはすべて使い、これまでにないほど必死になっている。

「ジェイド、最短ですべて揃えろ。もう待てない」

「承知いたしました」

ニヤニヤと笑うジェイドを横目に、シルヴァンスは研究室を後にした。

第六章　リリーベルの覚悟

アリッサがナナシとして自由に街へ繰り出し、公爵夫人の頼みだと言って好き勝手にして一週間が過ぎた。その間も毎日出かけてはツケで支払いを済ませてくる。

昼食後に届いた請求書を見て、リリーベルはアリッサに訴えた。

「アリッサ様、お願いですから、もうマードリック公爵家の名前を出すのはやめてください！」

「本当にうるさいわね！　わたしがマードリック公爵夫人なのだから、請求書を持ってくるのは当然でしょう！」

「ですが、公爵夫人の予算はもう使い切っていますし、事前にシルヴァ様の許可を得ていませんので、これは不正使用にあたります！　アリッサ様、どうかこれ以上、罪を重ねないでください！」

「はあ、本当にうざいわね……もうエイドリアン様が待っているから行くわ！　いい加減にしないと、フレミング侯爵家へ返すわよ!?」

「……っ！」

それを言われたらリリーベルが反論できないと知っているアリッサは、フンッと鼻を鳴らして出かけていった。

「どうしましょう……このままでは、シルヴァ様の研究にも影響が出てしまうかもしれません……」

ひとり部屋に残されたリリーベルはポツリと呟く。アリッサが午後から出かける時は、いつもリリーベルが寝る直前に帰ってくるので、今日はもう話をする時間が取れない。

（それに、またエイドリアン様のお名前が出てきました……まさかとは思いますが、アリッサ様の想い人なのでしょうか？）

幾度となく出てくる見知らぬ男性の名に、リリーベルは不安を募らせる。ただでさえシルヴァンスを欺いているのに、さらに他の男性と懇意にしていると知られたら、ますます状況は悪くなるばかりだ。

しばらくするとノックの音が室内に響き、エレンが声をかけてきた。

「リリーベル様、公爵様とお茶の時間でございます」

「あ……わかりました。今行きます」

アリッサ宛に届いた請求書を握りしめ、リリーベルはシルヴァンスの研究室へ向かう。リリーベルは朝食の席で交わしたシルヴァンスとの会話を思い出した。

『リリー、今日のお茶は研究室のサンルームで飲みたい』

『サンルームですね、承知いたしました』

たまに食事の席で予定の変更を告げられる時があるのだが、今朝のシルヴァンスはいつもより機嫌がよさそうだった。

『シルヴァ様、なにかいいことがあったのですか？』

『なぜだ？』

『とても嬉しそうに見えます』

シルヴァンスはリリーベルにそう言われて、視線を逸らし口元を手で覆う。今さらな仕草に笑みがこぼれ、リリーベルはいいニュースがあるのだと確信した。

『それはまだ秘密だ。とにかくお茶の時間はサンルームに来てくれ』

『はい、新しくブレンドした茶葉もお持ちしますね』

『うん、よろしく』

今朝はそんな幸せな空気だったのだが、アリッサの請求書の存在がリリーベルの心に重しをつけている。

引きずるような足取りでサンルームへ入ると、シルヴァンスが美麗な笑みを浮かべてリリーベルを迎え入れてくれた。

「リリー、浮かない顔をしてどうした？」

「シルヴァ様……申し訳ございません。こちらのドレスを侍女に頼んで購入しましたので、お願いいたします」

リリーベルはおずおずとドレスショップの請求書をシルヴァンスへ差し出す。

「ジェイド、この請求書の処理をしておけ」

「承知いたしました」

シルヴァンスは当たり前のようにドレスの請求書をジェイドに渡した。

いつも嫌な顔ひとつせず、リリーベルを責めることもなく、淡々と処理を進めるのだ。

「あ、ありがとうございます……」

「リリーのためだから気にするな」

「はい……」

シルヴァンスが優しく受け止めるほど、リリーベルは罪悪感に苛まれる。このままでいいはずがないと思いながらも、シルヴァンスのそばにいられる状況が心地よくて、あまりにも幸せで、リリーベルは身動きができない。

「それで、今日はこれを見せたくてこっちに来てもらったんだ」

リリーベルの手を取り、シルヴァンスは研究室のさらに奥の部屋へと誘導した。ご機嫌な様子のシルヴァンスから、なにか大きな成果が出たのかとリリーベルも少しずつ笑顔になる。

奥の部屋は綺麗に整理整頓されていて、部屋の中央に台が置かれ黒い布がかけられていた。

部屋に入り扉が閉まると、外の音がいっさい聞こえなくなる。

「ここで魔石の加工や魔法陣を刻んで魔法を使えるようにしている。それで、昨夜これを作った」

シルヴァンスが台の上の黒い布を取ると、ほのかに光を放つ真紅色の魔石が台座に乗せられていた。

「まあ、綺麗ですね……！」

「これを手に取ってみて」

「私が触ってもよろしいのですか？」

「うん、危険はないから大丈夫」

リリーベルはシルヴァンスに促されるまま魔石を手に取った。すると、魔石から温かな波動を感じて、手のひらの上でポッと炎が灯る。

「わっ、火が！　……あれ？　でも、熱くありません」

「それは古代の魔法陣で魔石に含まれる魔力を炎の魔法として作り上げただけだから」

「えっ！　それでは……！」

「まだまだ改善しないといけないけれど、まあ、大きな一歩だろう」

シルヴァンスは照れた様子でリリーベルから視線を逸らす。

魔石とは魔力を含んだ鉱石で、一般的にはなにかしらの効果を付与して使用するものだ。たとえば、力を倍増させたり、素早く動けるようになったり、物質の硬化度を上げたり、あくまでも補助的な目的で使うものだった。

そんな魔石にシルヴァンスが治癒魔法や初歩的な魔法を込めたことで、人々の常識が変わり一気に発展した。使用できるのは魔力を持つ貴族だけとはいえ、さまざまな魔法が込められ高値で取引されている。

魔法が使えないリリーベルが手にしている魔石は、シルヴァンスが変えた常識さえも覆し自ら炎を放っていた。つまり、魔石のまったく新たな可能性を示しているのだ。

それがこの世界を変える一歩にもなるとリリーベルは確信した。

「シルヴァ様！　おめでとうございます！　本当に嬉しいです……‼」

どんなに悪く言われてもシルヴァンスは諦めずに研究を続け、ようやく成果を出した。それがとてつもなく大変なことだとリリーベルは知っている。シルヴァンスはいつも目の下にくまを作り、お茶の時間にはリリーベルの膝枕で仮眠を取って、疲れた身体をごまかすようにブレンドしたお茶を飲んでいた。

シルヴァンスの絶え間ない努力が次々と脳裏に浮かび、リリーベルの頬をひと筋の涙が伝う。

「なぜ、僕ではなくリリーが泣く……？」

困惑した顔のシルヴァンスがリリーベルをうかがうように覗き込んだ。

「シルヴァ様の努力が実ったと思ったら、嬉しくて涙が出てきました……どうしましょう、全然止まりません」

「……まいったな。妻を泣きやませる方法なんて知らないぞ」

そう言いながらも、シルヴァンスはリリーベルを優しく抱擁する。いつものグリーンノートの香りがリリーベルを包み込み、心を落ち着かせていった。

「嬉しいなら笑ってくれ」

「はい……っ、すぐに……！」

シルヴァンスの頬がリリーベルの真紅の髪にそっと触れる。たったそれだけなのに、リリーベルの心はふわふわと軽くなり笑顔が戻った。シルヴァンスがホッとして、リリーベルの額に口付けを落とす。

「――っ⁉」

「顔が真っ赤だ」

「そっ、それは、シルヴァ様が私の額にキ、キスをしたからで……！　こここ、こういうことは、大切な女性となさるものですが⁉」

「リリーは僕の妻だから、問題ないだろう？」

さも当然だと言わんばかりの表情で、シルヴァンスはリリーベルの金色の瞳と視線を絡ませた。エメラルドの瞳は妙に熱っぽくて、リリーベルはソワソワと落ち着かない。

「……妻、ですが」

「それともこっちの方がよかったか？」

シルヴァンスの親指が唇に触れて、リリーベルは心臓が口から出そうになるほど慌てまくる。

「ひえっ！　だだだだ、大丈夫です‼」

なにが大丈夫なのかわからないが、とりあえずこれ以上シルヴァンスになにかされたら、卒倒してしまいそうだったので、なんとか腕の中から脱出した。後ろでシルヴァンスが笑いをこらえている気配がする。

（ただの契約結婚のはずですがなぜこのようなことをされるのでしょうか……⁉　あっ！　わかりました！　きっと研究がうまくいって、シルヴァ様のテンションがおかしなことになっているからですね⁉）

その考察は見事的中している。はっきりとした成果を出したシルヴァンスは喜びのあまり、いつもより大胆になっていた。

リリーベルは気持ちを落ち着けて、手の中で炎の魔法を放つ魔石に視線を落とす。

（シルヴァ様は確実に成果を出されています。私がここでシルヴァ様の足を引っ張るわけにはいきません！　どうにかしてアリッサ様を止める方法を考えなくては……！）

気持ちを切り替えて振り返ると、シルヴァンスはいつものように穏やかな笑みを浮かべリリーベルを見つめていた。

リリーベルに名を与え、たくさんの夢を叶えてくれたシルヴァンスにますます想いが募っている。だからこそシルヴァンスには夢を叶えてほしい。

（そのために私はなにができるのでしょうか……）

リリーベルは自問自答を繰り返した。

あれからずっと考え続けているが、リリーベルの答えは出ていない。アリッサは相変わらず外出してばかりで、最近では屋敷にいる時間もごくわずかだ。この二日間は買い物をしていない様子なのに請求書が届き続け、リリーベルはいったいなにに使っているのか疑問を感じていた。

午前中に届いた請求書はドレスと装飾品を購入した時よりも高額で、リリーベルはついにアリッサを問い詰めた。

「アリッサ様、最近届くこちらの請求書はどこのお店なのですか？」

「どこだっていいでしょう！　名無しには関係ないわ！」

いつものようにアリッサはふんぞり返って、まともにリリーベルの言葉を取り合わない。しかもまた出かけるつもりなのか、派手なドレスに着替え準備を進めていた。

しかし、リリーベルとて使途不明の請求書をシルヴァンスに渡すのは抵抗があるのだ。せめてどのような用途なのか確認するべきだと考えている。

そこで少々強めの口調でアリッサ様ご自身で、シルヴァ様に請求書をお渡しください」

「それでは次回からアリッサ様ご自身で、シルヴァ様に請求書をお渡しください」

「嫌よ、それは名無しの役目じゃない！」

「……シルヴァ様の妻は確かにアリッサ様なのです。ですから請求書を渡すのもアリッサ様のお役目でございます。きちんと教えていただけるまで、私はナナシとして過ごします」

「もう、わかったわよ！　ちゃんと言うから渡しなさいよ！」

面倒になったアリッサは、リリーベルへ話すことにした。

「では、どのようなお店で使用されたのですか？」

「リトル・レディっていうカジノよ」

リリーベルは不貞腐れながら話すアリッサから目が離せない。まさかアリッサが博打を打っていたとは、リリーベルは想像もしていなかった。

普通の貴族令嬢であればそんな場所に出入りすることもないが、どこでそんな縁があったというのか。

「カジノ……!?」

「エイドリアン様がオーナーで遊ばせてくれたの。最初は勝っていたけど、最近はうまくいかなくて……でも勝てば問題ないでしょう！」

たびたびアリッサが口にしていた男性の名前だ。リリーベルはアリッサがいいカモになったのだと理解した。そして、そんなことに使用された請求書をシルヴァンスに渡していたかと思うと、罪悪感で潰れそうになる。

「そんな、カジノなど、ただのギャンブルではないですか！　そもそもそのエイドリアンという方とはどこで知り合ったのですか？」

「エイドリアン様とは運命の出会いだったのよ〜！　わたしがカフェでお茶をしていたら、声をかけてきたの！」

「そのような相手を信用したのですか？」

どこの家かもわからない男性で、たとえ名乗ったとしても、それが真実なのか確かめようがない。しかも夫がいるにもかかわらず運命の出会いだと言ってしまうアリッサの発言は、シルヴァンスに対する裏切りでしかない。

「だって相手に振られたからお茶に付き合ってほしいって言うのよ。かわいそうじゃない。わたしの本当の美しさにも気付いてくれて、それで何度か会っていたら特別にカジノに招待してくれて、遊ばせてくれたの！」

「それからも会い続けていたのですか？」

「そうよ。エイドリアン様は大人の魅力があふれる素敵な男性ですもの。わたしにピッタリでしょう？　それに憂さ晴らしにカジノがちょうどよかったの」

自由気ままに振る舞うアリッサにもストレスが溜まるものなのかと、リリーベルは思ってしまう。だが、一番怒りを感じるのは公爵夫人でありながら他の異性と遊び歩き、シルヴァンスを裏切っていることだ。

そしてその尻拭いをシルヴァンスにさせているのが、リリーベルはどうしても許せない。リリーベルの愛《いと》しい人を蔑ろにするアリッサを、理解することはできなかった。

「そんなことにマードリック公爵家の資産を使用したというのですか……？」

「あのねえ、こんなストレスの溜まる暮らしなんだから仕方ないでしょう⁉　とにかく、ちゃんと話したんだから、名無しが冷血公爵に請求書を渡しなさいよ！」

呆然として動けないリリーベルを置いて、アリッサは今日も出かけていった。毎日帰ってくるが、何時に戻るのかもわからない。

（ギャンブルのツケをシルヴァ様が払う義務なんてないです……）

リリーベルはもうダメだと思った。

これ以上アリッサをこの屋敷に置いていては、確実にマードリック公爵家の、シルヴァンスの害になってしまう。いつかアリッサが、ギャンブルで負けて多額の負債を背負う可能性があるのだ。

リリーベルは覚悟を決めた。

本当はこの幸せを手放したくない。穏やかで優しい夫と、よく尽くしてくれるエレンたちと共に、研究が成功してシルヴァンスが夢を叶えるその時を妻として迎えたい。

だが、それはリリーベルにとって決して叶わぬ夢だ。

アリッサと双子として生まれた、その時から決まっていた運命なのかもしれない。

双子の妹として生まれ両親から憎しみのこもった目で見られるのも、大切なものを双子の姉に壊されそうになるのも。

だけど前向きなリリーベルは、簡単にあきらめたくなかった。壊される前に大切なものを、愛しい人を守りたいと心の底から強く思った。

（たとえシルヴァ様のおそばにいられなくなったとしても……）

この決断ですべてを失ってしまうだろうが、それでもやり遂げるしかないとグッと拳を握りしめる。そして覚悟を決めたリリーベルはエレンを呼び出した。


その翌日、朝食の時にお茶の場所をサンルームにしてもらいたいとリリーベルはシルヴァンスに頼んだ。

「サンルームで？　別に構わないけど」

「ありがとうございます。その際に人払いもお願いできますか？」

「……なにかあったのか？」

そんなことを頼んだことがないリリーベルを不審に思ったのか、シルヴァンスは訝しげな視線を向けてくる。

「その時にお話しします」

そう言って、リリーベルはいつものように幸せそうな顔で食事を口に運んだ。もうすぐこの幸せな時間は終わりを迎える。だからせめてその瞬間までは、シルヴァンスと過ごす穏やかな時間を味わいたかった。

「シルヴァ様、このスープがとても美味しいです！」

「これか？　これはオニオングラタンスープだ」

「オニオングラタン……！　なんて素敵なネーミングでしょうか！」

「気に入ったんだな。また今度メニューに出すように料理長に伝えておく」

「そう、ですね。お願いします」

いつもの会話にリリーベルは一瞬だけ言葉に詰まる。

(私に〝今度〟はもうないのです……でも、ここでシルヴァ様に気を遣わせるわけにはいきません)

再び幸せそうにオニオンスープを口に運び、リリーベルは食事を終えた。

お茶の時間になり、リリーベルはありったけのブレンドした茶葉を持ってサンルームにやってきた。それにブレンドのレシピも書き記したノートを添えて、準備万端である。

「シルヴァ様、今日はたくさん茶葉を持ってきました」

「へえ、すごいな。三カ月分はありそうだ」

「効能別に大きな袋に入れてあります。それと、こちらは料理長へ渡していただけたら嬉しいです。シルヴァ様のために活用していただけると思います」

ノートをパラパラとめくるシルヴァンスは、それがお茶のレシピだとすぐに気付いた。しかしリリーベルがそんな行動を取る理由が思い当たらず、困惑気味に尋ねる。

「リリー、これはどういうことだ？」

リリーベルは決意が揺らぐ前に口を開いた。

「シルヴァ様、お話があります」

「話とは？」

リリーベルはシルヴァンスを真っ直ぐに見つめ、真剣な表情で切り出した。

「私の侍女としてやってきたナナシは、本物のアリッサ様です。本日お渡しした請求書はアリッサ様が使用されたものですが、私は止めることができませんでした」

「こちらでも調査したからリリーの状況は理解している。過酷な環境だったのだろう」

「はい。私は『名無し』と呼ばれ、フレミング侯爵家で奴隷として過ごしてきました。アリッサ様の命令に背くのは難しく、シルヴァ様に大変なご迷惑をおかけしてしまいました」

シルヴァンスは眉根を寄せ、苦々しい表情を浮かべる。リリーベルは構わず言葉を続けた。

「今まで私がお渡しした請求書は、すべてアリッサ様が購入されたドレスや装飾品、それとカジノで負けたツケです。本日もアリッサ様は出かけており、マードリック公爵家の資産を不正に使用しています」

「あれだけ使い込んでもなお足りないとは……とんだ強欲女だな」

吐き捨てるようなシルヴァンスの言葉に、リリーベルの胸がズキッと痛む。リリーベルが早々に決断し、マードリック公爵家を去っていれば防げた事態なのだ。

シルヴァンスのそばを離れたくないというリリーベルの気持ちを優先して、決断が遅くなってしまったことを後悔した。

「大変申し訳ございません。逆らえばフレミング侯爵家へ送り返すと言われ、それが嫌でアリッサ様の指示に従ってしまいました。途中で入れ替わっていたこともあり、卑しい私は共犯です。どうぞ王命に背いたことも含めて、処罰してください」

「……随分と馬鹿にされたものだ」

リリーベルは九十度に腰を折ってシルヴァンスに謝罪する。シルヴァンスへの秘めた想いは口にせず、あえてこの暮らしに執着していたように話した。そうすればシルヴァンスも極刑を下しやすくなるだろうと予想してのことだ。せめてそれくらいしないと、リリーベルが犯した失態を帳消しにできない。

それなのに、これ以上シルヴァンスがリリーベルに幻滅するのを見たくないと思ってしまう。これだけのことをしておいて、それでもシルヴァンスに嫌われるのが怖いなど、どこまで自分の身がかわいいのかと自嘲した。

「本当に申し訳ございません。シルヴァ様のおそばに……いえ、どうしてもここにいたいと望んだ愚かな私が悪いのです。どんな処罰でも受けます。シルヴァ様の決定を受け入れる覚悟はありますので、どうぞ厳罰をお与えください」

「わかった。もう下がっていい」

たったひと言だが、シルヴァンスの気持ちが冷え冷えとしているのを感じ取る。しかし、そうなる原因を作ったリリーベルには、もうどうすることもできない。

「承知いたしました」

温度のないシルヴァンスの声音にこれで終わりなのだと悟り、リリーベルは視線を合わせることなく研究室を後にした。


リリーベルはシルヴァンスにすべてを打ち明けて、私室へ戻ってきた。

ソファーに座り、はらはらと静かに涙を流している。記憶の中のシルヴァンスの笑顔を何度も何度も思い浮かべ、胸に刻みつけた。

（これでいいのです。これでシルヴァ様が夢を叶えられたら、それで私は……）

悲しみの感情をなんとか整理し、ようやく涙が止まったリリーベルは、金色の瞳に決意をにじませる。アリッサが屋敷に帰ってきたのは、それから三時間後のことだ。

「はあ～！　今日もたくさん買い物したわ～！　ねえ、聞いてよ。街に行ったら新しいデザインのヒールが出ていたのよ。ふふふ、色違いで揃えちゃった――」

「アリッサ様、私はすべてを話しました」

「はあ？　なんなの？　わたしの話を黙って聞きなさいよ！」

気分よく話していたのに、リリーベルに話の腰を折られてアリッサは憤慨する。アリッサにとって、リリーベルはあくまでも自分の鬱憤を晴らし、奴隷のように言うことを聞く存在でしかないのだ。

以前ならすぐに謝罪してすべてを受け入れていたが、覚悟を固めたリリーベルは違う。アリッサの叱責など気にもせず、淡々と事実を話した。

「アリッサ様がナナシとしてお屋敷に来たことも、途中で入れ替わったことも、マードリック公爵夫人の命だと言って買い物していることも、シルヴァ様にすべて話しました」

「なんですって——⁉」

リリーベルの告白にアリッサは衝撃を受ける。

もう二度とシルヴァンスに会えなかったとしても、リリーベルはアリッサに好き勝手させるつもりはない。

「ですから、今後はアリッサ様の好きにはできません。私が、そうはさせません」

「ふざけるんじゃないわよっ！　名無し如きがわたしの好きにさせないなんて、馬鹿な冗談を言わないで‼」

「冗談ではありません」

凛としたリリーベルは、いくらアリッサに罵倒されても折れなかった。シルヴァンスのそばにいることを手放したリリーベルには、もう失うものなどなにもない。

だからアリッサがなにを言っても、どんな言葉でリリーベルをなじろうとも心に刺さることはないのだ。今までと明らかに違う様子のリリーベルを目の前にして、アリッサは強烈な焦りを感じる。

「そんなことしたら名無しだって処分を受けるのよ⁉　わかっているの⁉」

「わかっています。ですが、それでも絶対にシルヴァ様の研究の邪魔だけはさせません‼」

これはリリーベルにとって、生まれて初めての反抗だった。

フレミング侯爵家には育ててもらった恩義を返しきれていないかもしれない。でも、それ以上にシルヴァンスからたくさんの幸せをもらった。

密かに想いを寄せるシルヴァンスの幸せや成功を願ったことで、リリーベルは気付かぬうちに自立の一歩を歩みはじめている。

そんなリリーベルを認められないアリッサは、怒りと焦りと屈辱に支配され、わなわなと震えはじめた。

「冗談じゃないわ‼　せっかく好きなだけ遊んで暮らせるのに……‼　あんた、なんてことしてくれたのよ⁉」

「すでに事実は明らかになったのです。アリッサ様、ふたりで罪を償いましょう」

アリッサはどんなに叱責してもリリーベルに響いていないと気付き、自分の置かれた状況を考えてどんどん青ざめていく。このままでは王命に背きマードリック公爵を欺いたとして、特にアリッサには厳しい処罰が下るのは間違いない。

「こうなったら……せめて、わたしだけでも……」

アリッサがなにか呟き考え込んでいると思ったら、突然、ダークブロンドのウィッグを外し、真紅の髪をまとめていたネットも取り外した。さらに着ている衣装を脱ぎはじめ、わざと布を破くようにして、せっかくの衣装を台無しにしていく。

「えっ、アリッサ様⁉」

困惑したリリーベルはアリッサへ近寄り、止めようと手を伸ばした。

半分ほど衣装を脱いだアリッサはニヤリと笑い、大声で悲鳴をあげる。

「いやあああっ！　お願いです、アリッサ様！　おやめください‼」

「……⁉」

「お願いです、アリッサ様っ！　どうかおやめください‼」

わざと扉を開けて廊下へ向かって声をあげ続けた。足音が聞こえてきたところで廊下に自ら転がり、ガタガタと震え出す。

リリーベルはアリッサがなにをしたいのかよくわからなくて、手を伸ばしたまま固まっていた。

「リリーベル様⁉　どうされたのですか⁉」

「リリーベル様！　いったいなにが……！」

真っ先にエレンと三人のメイドたちが駆けつけてきて、床に倒れているアリッサと手を伸ばしたまま呆然と立っているリリーベルを交互に見ている。

アリッサは青ざめた顔でエレンに縋《すが》りつくように床を這った。

「た、助けてください！　わ、わたし、本当のことをシルヴァ様に話したら、アリッサ様が……！」

「ナナシさん、よね？　落ち着いて、いったいどうしたの？　本当のこととはなんのこと？」

「違います！　わたしがリリーベルなのです！　実はアリッサ様の双子の妹で、身代わりとしてマードリック公爵家に嫁げと命令されてきたのです……！」

アリッサがリリーベルだと名乗ったことで、エレンはボロボロの衣装を隠すように抱きしめる。今まで腑《ふ》に落ちなかった事実にようやく合点がいったという様子で、アリッサに回した腕に力を込めた。

「そんな……でも、それならリリーベル様の反応も納得ですわ！　コレット、すぐに公爵様へ伝えにいって！」

「は、はい！」

一番若くて足の速いコレットがシルヴァンスのもとへ駆け出し、カタリナはアリッサの身体を隠すためのシーツをベッドから剥ぎ取ってくる。アリッサはポロポロと涙をこぼし、カタリナが持ってきたシーツをギュッと握りしめた。

その様子を見たマリーは、アリッサを守るようにリリーベルの前に立つ。そうこうしているうちに他の使用人も集まってきて、リリーベルの部屋の前は騒然とした空気に包まれた。

「アリッサ様はわたしと入れ替わるために、ナナシとしてこの屋敷にやってきたのです。ですが、もう入れ替われないと知ると、わたしの服を奪い取ってドレスに着替え罪をなすりつけようと……」

「そ、そんな……、アリッサ様、私がリリーベルです！　嘘はおやめください！」

リリーベルがたまらずに訴えると、エレンもマリーもカタリナも、敵を見るような鋭い視線を向けてくる。

今までずっと温かく見守ってくれていたエレンたちから向けられる敵意に、リリーベルは心が挫けそうになった。しかし、シルヴァンスの研究のためにも、ここであきらめるわけにはいかない。

使用人たちから突き刺すような視線を向けられても、リリーベルは凛とした態度を崩さなかった。

「本当に瓜ふたつで、どちらがリリーベル様なのか一瞬見分けがつきませんでしたが……」

「こんなに震えていますわ……よほど恐ろしい目に遭ったのですね」

「はい、アリッサ様がとてもお怒りで恐ろしかったです……！」

キッと睨むエレンの視線に、リリーベルは悲しい気持ちが込み上げる。ずっとリリーベルに優しくしてくれたエレンの笑顔が脳裏をよぎって離れない。

エレンたち使用人は冷ややかな視線をリリーベルに向け、すっかりアリッサの嘘を信じ込んでいるようだ。周りは敵ばかりとなってしまい、この状況をどうやって打破しようか考える。

「貴女様が本当のリリーベル様なのですね？」

「そうです、わたしがリリーベルです……！」

エレンの問いかけに、涙に濡れた瞳のアリッサが答えた。

「違います、リリーベルは私です！　アリッサ様、きちんと真実をお話しください！」

「いいえ、わたしがリリーベルです！　今だって勇気を出してすべてシルヴァ様に打ち明けたと話したら、無理やり着替えさせられたのです！　でも、これ以上アリッサ様に罪を重ねてほしくありません……！」

リリーベルがどんなに否定しても、アリッサは倍以上にして言い返してくる。その言葉の方が真実味を帯びていて、エレンたちにリリーベルの言葉は届かない。

アリッサはエレンたちに気付かれないように、勝ち誇った笑みを浮かべている。

（そんな……アリッサ様は、また私に罪を償わせるつもりなのでしょうか……⁉）

このままではいけないと思いつつも、リリーベルは証拠を提示することもできず困り果てた。

「ち、違います……私は、私がリリーベルです……！　私はどうしても、シルヴァ様の研究の邪魔をしたくなかった……夢を叶えてほしかったのです！」

リリーベルは思いの丈を叫んだ。

愛しい人が国中から賞賛され、愛しい人が心優しいのだと理解してもらい、愛しい人の夢が叶う未来を見たかった。

そのためなら、自分の狡さが招いたこの結果を受け入れようと思えたのだ。

リリーベルの叫びで静まり返った廊下に、低く鋭い声が響く。

「なにがあった？」

白衣をなびかせ駆けつけたシルヴァンスとジェイドの姿がそこにあった。

「公爵様！」

「シルヴァ様！　お願いです、アリッサ様を止めてください！」

エレンはホッと安堵した表情を浮かべ、アリッサはやってきたシルヴァンスに擦り寄る。足元に縋りついてきたアリッサを一瞥《いちべつ》し、シルヴァンスは眉根を寄せた。

「……いったいどういう状況だ？」

息が止まりそうな冷酷さを孕《はら》んだエメラルドの瞳は、ジッとリリーベルを見つめていた。

＊＊＊

時は少し遡り、王太子の執務室ではセドリックと事務官がシルヴァンスからの手紙を受け取ったところだった。

「はあ⁉　ちょ、シルヴァンスの奴、無茶振りすぎだろ⁉」

「殿下、落ち着いてください。素が出ていらっしゃいます」

「いや、だってあと三時間で書類を全部用意しろって絶対に無理だって‼」

シルヴァンスはセドリックにある依頼をしていた。当初の予定では、二年以内に揃えればいいと言っていたので、セドリックはのんびりと構えていたのだ。

すでに円滑に話を進めており、書類を用意すればいいだけの状況とはいえ、各方面から決裁をもらい、正式な書類をマードリック公爵家まで届けるとなると圧倒的に時間が足りない。

「俺をこんな風に使うのはシルヴァンスだけだぞ……」

「でも、大切な幼なじみの従弟で、親友なのですよね？」

長く勤めている事務官は眉尻を下げ、困ったように笑いながらセドリックに相槌を打つ。

セドリックがずっとシルヴァンスを支援しているのは、その才能を認めているだけでなく、心を許せる貴重な存在だからだ。王族であるセドリックにとって、本音を気兼ねなく言える相手は他にいない。

だからセドリックはシルヴァンスを陰ながら支援してきたし、幸せになってもらいたいと心から思っている。

（くっそー、絶対にベタ惚れしてる奥さんのこと、なにからなにまで聞き出してやるからな！シルヴァンスには最高に恥ずかしい思いをさせてやる!!）

交換条件として、セドリックはシルヴァンスに公爵夫人について包み隠さず教えろと提示した。今まで女性に興味すら示さなかった従弟があれだけ夢中になる女性が気になったのもあるが、いつもクールで淡々としているシルヴァンスが大きく感情を揺らすのが、ごく普通の青年らしくて嬉しかったのだ。

血の通っていない冷血公爵と言われているシルヴァンスだが、本当は思いやりにあふれ照れ屋なのをセドリックは知っている。だからシルヴァンスが感情をあらわにするやり取りが好きで、つい揶揄いすぎて嫌がられていた。

「仕方ない……奥の手を使うか。あー、絶対に見返りで政務を増やされる……」

「私も殿下のお役に立てるよう頑張りますから」

「ああ、頼りにしてるよ」

ため息をついて、セドリックは親友のために奔走する。

「この時間なら父上は執務室か……」

用意していた書類を事務官に出してもらい、セドリックは国王の執務室へと向かった。ノックの後に礼儀を無視してズカズカと室内へ足を進めていく。難しい顔をしていた国王は、セドリックがやってきたことに気が付くと宰相との会話を止めた。

「先触れもないなど珍しいな。どうした？」

「陛下。大至急、こちらの書類の決裁をお願いいたします」

セドリックは書類を国王に手渡し、その返答を待つ。

「これは……わしが処理しなくても問題なかろう？　関係各所へ持っていけ」

「タイムリミットが三時間なのです。これらすべてを片付けるとなると、陛下しかお願いできるところがありません」

「なるほど、緊急事態か。ふむ……シルヴァンスになにかあったのか？」

国王はセドリックを鋭く見つめる。返答次第では、国王も動かなければならない事情があったからだ。

「はい。事態に大きな動きがあったようで、一気に問題を片付けるつもりらしいです」

「そうか。ではこちらも準備を進めておかねばならんな。わしにも責任があることだ。早急に手配する」

セドリックの答えで事情を理解したのか、国王はペンを執り、書類にさらさらと署名していく。

「それとセドリック、二カ月後のハイネン王国の使節団の対応はお前に任せる」

「はい、かしこまりました」

案の定、政務を振られてセドリックは短くため息をついた。国王になにか頼み事をすると、こうして必ず仕事を任せられるのだ。場合によっては対価以上の労働を課されそうになるので、そういう時は理由を述べて断っている。

国王曰《いわ》く、こういう経験をすることにより交渉術を身につけ、諸外国との取引が円滑に進むよう、つまりぼったくられないように学べということらしい。

（まあ、おかげで誰が相手でも騙されることはないけど）

すべての書類にサインを終えて、セドリックへ手渡すと宰相へ視線を向けた。

「陛下。例の件でしたら、マードリック公爵からの情報共有により、すでに十分な証拠が集まっております。いつでも処理は可能かと」

「ふむ、では極秘裏に準備を進めよ。当事者には気取られるな」

「承知いたしました」

宰相は即座に国王の意図を読み取り、必要な情報を口にする。セドリックはこちらも問題なさそうだと安心して、国王の執務室から静かに退室した。
(さて、これで書類も揃ったし、シルヴァンスの恥ずかしがる様子が楽しめそうだな)
セドリックは王城の広い廊下を歩きながら、ニヤリと笑うのだった。

第七章　天才科学者の策略

「……なにがあった？」

シルヴァンスの冷めた声に反応したアリッサが、シーツを手放しシルヴァンスの白衣をギュッと掴んで懸命に訴える。

「シルヴァ様、アリッサ様がわたしと入れ替わろうと、無体なことをなさったのです！」

こんな状況でも、リリーベルはシルヴァンスが来てくれたことが嬉しくてたまらない。それと同時にシルヴァンスに思いっ切り誤解されそうなこの状況に絶望感を抱く。

（もし、シルヴァ様にまで勘違いされてしまったら、立ち直れるか自信がありません……！）

使用人たちはアリッサの言葉を信じているようで、リリーベルへ冷たい視線を向けているのだ。しかもリリーベルよりも口が達者なアリッサがいて、どう弁明したら信じてもらえるのか突破口が見つけられなかった。

「必死に抵抗したのですが、とても恐ろしくて……ううっ！」

そう言ってボロボロと涙を流すアリッサは、どこからどう見ても被害者にしか見えない。

リリーベルは絶体絶命の状況で、必死に思考を巡らせた。

（どうしましょう、アリッサ様は再び私に罪を償わせるつもりです……ですが、私がリリーベルであると示せる証拠など、どこにも——）

そこまで考えて、リリーベルはブレンドした茶葉のことを思い出した。リリーベルがブレンドしたお茶を飲んでもらえれば、本人だと信じてもらえる。いつもブレンドする内容なら何度も飲んでいるから、シルヴァンスもわかるはずだ。

これしかないと思ったリリーベルが訴えようとしたタイミングで、シルヴァンスがアリッサへさらに問いかけた。

「それで、具体的になにをされた？」

「はい……わたしがシルヴァ様にすべて話したとアリッサ様にご報告しましたら、無理やりドレスを奪い取られ、この侍女の衣装を着るように強要されたのです」

「へぇ……」

「さらに、わたしに罪を着せて、ひとりで罰を受けろとおっしゃいました……！」

「そうか」

涙に濡れるアリッサを見た使用人たちは、怒りに震えリリーベルを睨みつける。リリーベルはせめてシルヴァンスに気付いてほしくて説明しようとするが、口を挟む間もなくシルヴァンスがエレンにこれまでの状況説明を求めた。

「エレン、説明しろ」

「かしこまりました。わたくしたちはいつでもリリーベル様の呼び出しに応えられるようおそばにおりまして、突然悲鳴が聞こえたので駆けつけました。するとナナシさんが廊下に倒れていて、アリッサ様の双子の妹であるリリーベル様だとおっしゃいました。さらにアリッサ様に罪をなすりつけられ、ドレスも奪われたと……」

「ふうん。他の者も今の証言に相違ないか？」

シルヴァンスが周りの使用人を見回すと、それぞれ頷きエレンの話を肯定している。そこでやっとシルヴァンスはリリーベルに声をかけた。

「今の話に異論はあるか？」

「はい。概ね私とアリッサ様のやり取りに相違はございませんが、衣装の交換はしていません。さらに訂正したいのはアリッサ様に『ふたりで罪を償いましょう』と説得を試みたことです。なにより、シルヴァ様にリリーベルと名付けてもらったのは私です。それにブレンドしたお茶を飲んでいただければ、私がリリーベル本人だと証明できるかと思います」

「ブレンドしたお茶は分量が変われば味も変わるはずです。そんなの証拠として信用できません！」

アリッサはリリーベルのブレンドした茶の存在を知っていたが、その製法までは理解していない。だから必死になって否定している。

シルヴァンスが公平に話を聞いてくれたおかげで冷静さを取り戻し、自分がリリーベルだと証明できる証がまだあると気が付いた。

「それなら、もうひとつ、私しか知り得ない情報があります」

リリーベルはシルヴァンスに話してもいいかと視線で尋ねる。シルヴァンスはしっかりと頷き、その先を促した。

「シルヴァ様が魔法を生み出す研究において、ある成果を出されました。それを見たのは私だけです」

誰にも伝えていない情報をリリーベルが口にした途端、アリッサは焦った様子で噛みついてくる。

「そんなの、なんとでも言えるわ！　証拠はあるの⁉」

なんとしても潰したい証言のようで、本来のアリッサの口調になっていたが本人は気が付いていない。エレンと使用人たちはアリッサの様子を見てギョッとした表情を浮かべ、疑いの眼差しを向けはじめた。

「証拠はある。その場には僕もいたし、ちょうど今持っているから嘘は通用しない」

いよいよ言い訳ができなくなり、アリッサの顔色がどんどん青くなっていく。

「では、僕が研究で出した成果を聞かせてもらおうか？　まずは、お前からだ」

シルヴァンスは凍てつくような視線を足元にいるアリッサへ向けた。アリッサはなにか話そうとしているが、言葉が出てこない。使用人たちからも注目を浴びて、床に手をつき唇を噛みしめる。それでもあきらめの悪いアリッサは、苦し紛れに言葉を絞り出した。

「……シルヴァ様の研究の成果は……魔道具を、完成させたことです……」

「その詳細を話せ」

「手のひらサイズの……魔法を放つ機械です」

「魔法を放つ機械ねえ」

ため息まじりのシルヴァンスの言葉に、アリッサは顔を真っ赤にして俯いた。それが嘘であることは当の本人がよくわかっている。

シルヴァンスの視線がリリーベルに向けられると、真っ直ぐに前を見据えて正解を答えた。

「シルヴァ様は、熱くない炎の魔法を生み出すことに成功したのです。真紅の魔石から炎が燃え上がり、とても美しかったです」

リリーベルは研究室で見た魔石を思い浮かべ、うっとりとしながら説明した。使用人たちは正解を知らないので、どちらが正しいのかまだわかっていない。

「では答え合わせをしよう」

そう言って、シルヴァンスが白衣のポケットに手を差し込む。シルヴァンスの一挙手一投足を使用人たちはジッと見守った。

シルヴァンスがゆっくりと白衣のポケットから取り出したのは、手のひらに収まるくらいの小さな物体だ。それを見やすいように前へ出して握っていた指を開いていく。

手のひらの上に現れた真紅の魔石は、リリーベルが見た時と同じようにゆらゆらと炎を灯していた。

「っ！　それでは、本物のリリーベル様は……！」

「なんてことを……！　リリーベル様、申し訳ございません‼」

「リリーベル様、どうか、どうかお許しくださいませっ‼」

結果が明らかになりエレンたちはアリッサを放って、リリーベルに向かって土下座する。

リリーベルは慌ててエレンたちに駆け寄った。

「どうか顔を上げてください。あの状況では間違えてしまうのも無理はありません。わかってもらえたら大丈夫です」

「リリーベル様……！　なんて寛大なお心なのでしょうか……！」

エレンがリリーベルへさらなる忠誠を誓い、メイドたちも泣きながら謝罪し許しを得た。

（よかった、ちゃんとわかってもらえました……）

ホッと胸を撫で下ろしたリリーベルは、アリッサを振り返る。ガタガタと震え、血の気の失せた顔色でその場で固まっていた。

「自己紹介ご苦労だったな」

「……………」

シルヴァンスの強烈な嫌みに答える気力もないのか、アリッサは無言のままだ。

「都合が悪くなると黙秘か。面倒だな。ジェイド、例の書類を」

「はい、こちらにございます」

シルヴァンスは書類を受け取ると、バサバサとアリッサの頭上から落としていく。ヒラヒラと舞う白い紙が廊下に広がった。リリーベルの足元にも書類がひらりとやってきたのでチラリと見たが、そこにはカジノで散財するアリッサの様子が書かれていた。

「アリッサ・フレミング。これが前に約束した僕からのプレゼントだ。お前の愚行が記された書類の束だが、気に入ったか？」

その言葉で食事の席で交わした約束を思い出したのか、アリッサはカッとなり憎しみを込めた瞳でシルヴァンスを睨みつける。

「貴様の罪の証拠はつい先ほどの証言も含めて、すべて押さえてある。言い逃れできると思うな」

「そ……そんな、どうして……わたしは、わたしこそがマードリック公爵夫人なのよ！　罪なんて犯していないわ‼」

「往生際が悪いな。誰が誰の妻だと？　寝言を言うな」

「はあ⁉　王命で嫁いできたのはわたしじゃない！　アリッサ・マードリックがあんたの妻でしょう‼」

はあ、と何度目かの深いため息をついたシルヴァンスは、床に落ちた一枚の書類を拾い上げアリッサの目の前で揺らした。

「この書類をよく見ろ。僕が妻にしたのは、リリーベル・フレミングだ」

「っ！　で、でも名無しは身代わりとして来たのよ。王命でわたしと結婚したはずじゃ……」

目の前の書類にサインされた氏名は確かにリリーベル・フレミングとなっていて、シルヴァンスの名前も署名されている。アリッサは震える手で書類を握りしめ、どうして婚姻宣誓書にリリーベルの名前でサインされているのかと疑問に思った。

「リリーが身代わりだと気が付いてすぐに手を打った」

「だって、わたしと名無しは双子の姉妹なの！　見た目だけで気が付くわけないわ！」

「は？　リリーとお前を見間違うわけないだろう」

シルヴァンスは心底意味がわからないという表情で、アリッサに言葉を返す。実際、ひと目見ただけでリリーベルなのかアリッサなのかシルヴァンスは判断できた。さらに話し方や言葉のチョイス、所作も観察すれば間違うことは絶対にない。

「えっ……？　でも確かに入れ替わった時は……」

「僕はお前をリリーと呼んだことは一度もない」

アリッサはシルヴァンスと交わした会話を思い返す。

『そこの侍女は？』

『……まあ、いいや。では食事を始めよう』

『ああ。研究で忙しい』

『しばらく先になる』

『お詫びとして、プレゼントを贈ろう。準備にしばらくかかるから、待っていてくれ』

確かにシルヴァンスからリリーベルが呼ばれるような愛称で、アリッサが声をかけられたことがなかった。しかもリリーベルと接する時と比べ、明らかに態度が冷たかったように思う。

その事実に気付き、アリッサは愕然《がくぜん》とした。

「まさか、最初からわかっていたの……!?」

「逆にどうやったらリリーとお前のような強欲女を間違えるんだ？」

むしろ、あのクオリティでシルヴァンスを欺こうとしていたのかと呆れ返る。見た目だけそっくりでも、シルヴァンスが惹かれたリリーベルの可憐さや前向きさ、逆境でも負けない強さをアリッサが真似することはできないのだ。

「嘘……嘘よ！　でも、それならどうしてわたしのツケを支払ったの⁉　どうしてさっきだって、どっちが名無しかわからないふりをしたのよ⁉」

「つくづく理解力のない頭だな。そんなのお前の罪の証拠を取っていただけに決まっているだろう。こういう事態を想定して、真紅の魔石も持ってきたとわからないか？」

シルヴァンスはリリーベルの名で署名させた時から、この計画を実行に移していた。

愛しい妻を完全に自分のものにするため、リリーベルの気持ちを自分へ向けつつ身上調査をした。戸籍や名前すらなく、フレミング侯爵家でどんな仕打ちをされていたのか知り、大切なリリーベルを傷つけた者たちに制裁を加えることにしたのだ。

都合のいいことに途中からはアリッサがマードリック公爵家に来て証拠をボロボロ落としてくれたので、さらに罪に問えそうだと喜んだくらいである。

なにに一番苦労したかといったら、リリーベルの気持ちをシルヴァンスで染めることだ。素直で純真すぎるリリーベルに恋心を植えつけるのは、シルヴァンスでも十カ月もの時間が必要だった。

「アリッサ・フレミングはマードリック公爵家を欺いた上、財産を不正に使用し、公爵夫人であるリリーベル様に冤罪《えんざい》を着せようとしたことは明白です。これだけ証拠があれば、極刑は免れませんね」

「そんな！　嫌……そんなの嫌よおおお‼」

ジェイドの言葉でアリッサは半狂乱になり、辺りに散らばっている書類を片っ端から破りまくっている。そんな愚かなアリッサを徹底的に叩き潰すべく、シルヴァンスはさらに追い打ちをかけた。

「黙れ、罰を受けるのはお前だけだ。ちなみに、書類の原本はすでに陛下へ提出済みだ」

「わたしが、マードリック公爵夫人だったのに……！　全部わたしの物なのに……のせいよ。これも……が……のよ」

どうにもならないと理解したのか、アリッサは呆然として聞き取れないほどの小声でなにかを呟いている。

「この女を牢屋《ろうや》へ――」

シルヴァンスが護衛騎士へ指示を出していると、アリッサがフラフラしながら立ち上がった。ずっとぶつぶつと呟いていて、リリーベルが視界に入ると金色の瞳をカッと見開き突然叫び出す。

「名無しのせいだ！　お前がうまくやらないからこうなったんだ！　お前のせいで……お前が生まれなければ、お前さえいなければ‼」

憎悪に染まるアリッサは、脇目も振らずリリーベルへ手を伸ばした。

「わたしと同じ顔なんてメチャクチャにしてやるっ‼」

よく手入れされた爪でリリーベルの顔を傷つけようと、アリッサは驚くべき瞬発力で駆け出す。リリーベルは突然のアリッサの奇行に反応が遅れた。

「……っ！」

痛みを覚悟してギュッと目を閉じたが、いつまで経ってもリリーベルに衝撃はやってこない。

不思議に思いゆっくり目を開けると、目の前にはシルヴァンスの広い背中があった。

アリッサの足元は氷に覆われて身動きできないようになっていて、さらにシルヴァンスがリリーベルへ振り下ろそうとしていた腕を掴んでいる。

「お前、僕のリリーになにをする？」

シルヴァンスの問いかけに、アリッサはゴクリと唾を飲み込んだ。アリッサに向けられたシルヴァンスの瞳からは、完全に光が失われている。

底なし沼のような緑眼には感情がなく、アリッサはこのまま頭から喰《く》われてしまうような錯覚に陥った。喉はカラカラに乾いて、息をするのがやっとの状況だ。

ギリギリと締め上げられて痛いのに、そんなことはどうでもよかった。

（それよりも今すぐこの場から逃げ出さなければ、殺される……！）

アリッサはシルヴァンスの明確な殺意を一身に浴びて、ガタガタと身体が震え出す。

しかし、リリーベルの顔を傷つけようとしたアリッサの右手はシルヴァンスにガッチリと掴まれ、どんなにもがいても逃げられない。絶対零度の空気をまとうシルヴァンスを見て、アリッサはようやく己の失態を悟る。

最初から逆らってはいけない相手だったと、アリッサは身をもって理解したのだ。

シルヴァンスはリリーベルに聞こえないほどの小声で、アリッサの耳元で囁く。

「最後にもうひとつ教えてやる」

「……な、なにを?」

アリッサは痛みと恐怖に耐えつつ、シルヴァンスの言葉に耳を傾ける。決して聞きたくないが、この状況ではそれも叶わない。

「フレミング侯爵の取引銀行に手を回し、経営を逼迫させたのは僕だ」

「はあ?　なんで——」

「お前に公爵家の財産を使わせて、断罪するためだ」

「そ、そんなっ……!」

「エイドリアンはいい仕事をしてくれたよ」

すべてだった。

アリッサは、なにからなにまでシルヴァンスの手のひらの上で転がされていたのだ。

フレミング侯爵家の名前でツケができなくなったのも、アリッサがカジノで散財したのも、シルヴァンスが仕組んだことだった。

もしもあの時、リリーベルの言葉を聞き入れ、おとなしく過ごしていたら未来は変わっていただろう。少なくともこんな風に断罪されることはなかったとアリッサは後悔するが、なにもかも遅すぎた。

「それに加え僕はフレミング侯爵へ融資しているが、それを今すぐ回収したらいったいどうなると思う？」

「え……？」

アリッサはなんの話かとシルヴァンスへ視線を向ける。ギリギリと締め上げられた腕は、シルヴァンスによってゆっくりと下された。

「フレミング侯爵家の領地は僕のものになる。まあ、すぐにリリーの名義にするつもりだが」

「――っ‼」

権力も財力も頭脳もアリッサはおろかフレミング侯爵家では、マードリック公爵家の当主であるシルヴァンスに太刀打ちできない。シルヴァンスを騙せると思っていたアリッサたちの認識こそが、大きな間違いだったと絶望の底へ突き落とされる。

完全に抵抗する気を失ったアリッサを見て、シルヴァンスはパッと腕を放した。アリッサの足元を凍らせた氷魔法を解除して、深淵《しんえん》を覗かせる瞳でアリッサを睨みつける。

「もしリリーを傷つけたら、この僕が絶対に許さない。死んだ方がマシだと思うくらい後悔させてやる」

アリッサは本気だ、と思った。

本当にこの男はリリーベルの敵には容赦する気がないと思い知り、力が抜けてその場にひざから崩れ落ちる。

「ああああああっ！　ごめんなさい、ごめんなさい！　もうしませんから……！　お願いします、どうか許してください！　命だけは助けてくださいっ‼」

シルヴァンスの闇を垣間見たアリッサは、怯えた様子で謝り続けた。

「うるさいから早く連れていけ」

シルヴァンスが命じると、護衛騎士がふたりがかりでアリッサを抱え、屋敷の牢屋へと連行していく。

エレンたちは、リリーベルが絡むとドス黒いオーラを放つシルヴァンスを見て苦笑いした。でもそれはリリーベルへ対する愛情の裏返しなのだとわかっている。使用人たちは事態の収束を見届け、それぞれの持ち場に戻っていった。

廊下にはようやく静寂が戻り、シルヴァンスはリリーベルの腕を引いて部屋に入る。リリーベルがこれで終わったのだと思った途端、シルヴァンスに力いっぱい抱きしめられた。

「リリー、不安にさせて悪かった」

「シルヴァ様……！」

リリーベルはいつものシルヴァンスの温もりを感じて心が穏やかになっていく。

しかし、このまま有耶無耶《うやむや》にしてはいけないと思い直し、シルヴァンスの胸をそっと押して距離を取った。

「悪いのはシルヴァ様を欺こうとした私たちです」

「リリーに罪はない」

「いいえ、どうか私にも罰を与えてください」

「リリー……」

困ったように眉尻を下げたシルヴァンスが、今までは濁してきた想いをはっきり伝えようとリリーベルを見つめる。リリーベルはシルヴァンスのエメラルドの瞳に囚われ、視線を逸らせない。

「僕にはリリーが必要だ」

熱を帯びた鮮やかな緑眼には、リリーベルしか映っていない。

リリーベルはシルヴァンスの言葉を聞いて歓喜があふれる。本当は今すぐ踊り出したいほどその言葉が嬉しいが、リリーベルは素直に受け止められない理由があった。

だから、あえてシルヴァンスの熱に気が付かないふりをする。

「必要とは……ブレンドのレシピでしたらお渡ししましたが、他に私に価値などありません」

「そんなことない。リリーの笑顔に癒やされるし、リリーが笑うと僕も嬉しくなる。リリーが隣にいないとやる気も出ない」

「やる気が出ないのは困りましたね……どうしましょう」

リリーベルはなにかできることがないかと、思わず真剣に悩んでしまう。そんなリリーベルの左手を取り、シルヴァンスはそっと指輪のついた薬指に唇を落とした。

(左手の薬指に口付け……！　これは、小説で読んだ、ヒーローがヒロインにプロポーズする時の仕草です……‼)

リリーベルの全身が一気に熱くなる。物語の憧れのシーンを再現されたからなのか、シルヴァンスに口付けされたからなのか、その両方なのか。リリーベルの心臓は破裂しそうなくらい暴れまくっていた。

「だから、ずっと僕のそばにいてほしい。リリーを愛してる」

シルヴァンスの言葉が、ついにリリーベルの心を揺さぶる。

どんなに願っても、与えられなかった。

ずっと欲しかった言葉だった。

ずっとずっと求めていた。

リリーベルが生まれてから、こんなにも真っ直ぐに温かで、激しい愛情を注いでくれたのは、シルヴァンスが初めてだ。

だが、リリーベルとして交わした契約の制約で、どんなに望んでも無駄だと思うと心がキリキリと痛む。

「ですが……契約期間が二年という書類にサインしました」

リリーベルは悲しみにくれた瞳でそう告げる。それはシルヴァンスも知っているはずなのだ。

それなのにこんな風に愛を告げて、リリーベルの気持ちを大きくかき乱すのは、なぜなのか。

「……なんのことだ？」

「婚姻宣誓書にサインした時に、契約書にもサインしたと思いましたが違いますか？」

ところが、シルヴァンスから帰ってきた言葉は予想外のものだった。リリーベルは自分が思い違いをしているのかと、シルヴァンスに確認する。

「確かに、『なんでもする』という項目も盛り込んでリリーにサインしてもらったが」

「ですから、あの書類に契約期間が二年間と書かれていたのではないですか？」

なんだか話が噛み合わず、リリーベルはさらに細かく説明した。すると、シルヴァンスは納得したような表情でこともなげに衝撃の事実を述べる。

「ああ、あの書類は作り直したものだから期間の記載はない」

「……期間の、記載が、ない⁉」

リリーベルは驚きのあまり叫んだ。アリッサとして契約する時に確かに期間を二年に設けた契約書を確認したのだ。

（いえ……確かにアリッサ様の名前でサインした時は期間の項目がありましたが、私の名前でサインした時にそのような項目はあったでしょうか……？）

ここでやっと、リリーベルがシルヴァンスと交わした書類には期限がなく、つまりこれからもマードリック公爵夫人としてなんでもしなくてはいけないと気が付いた。

シルヴァンスは両目を見開くリリーベルに、ここぞとばかりに畳みかける。

「つまり無期限の書類にリリーはサインしたということだ。なんでもすると盛り込んだから、死ぬまで僕のお願いは断れないとわかるか？」

シルヴァンスの真っ黒な笑みを見て、リリーベルは戦慄が走った。

リリーベルはシルヴァンスに想いを寄せているが、自分がふさわしい相手かといったらそうではないとよく理解している。あの時の迂闊な自分を叱責したいが、もう引き返すことはできない。

「でで、ですが！　私は戸籍にも載っていないような存在で、とても公爵であるシルヴァ様にはとても釣り合う身分ではありません！　なによりも罪人なのです！」

「そのあたりも手を打ってあるから安心しろ。そろそろ書類が届くと思うが」

リリーベルは必死に自分が公爵夫人にはふさわしくないと訴えるが、シルヴァンスには通じない。

（まさかとは思いますが、公爵夫人としての教育もこれを見越して用意してくださったのでしょうか……⁉）

国王にばれないようにするためとはいえ、やけに入念な準備をするものだとリリーベルは呑気に構えていた。むしろ、いろいろ学べることが楽しくて、感謝さえしていたのだ。まさか死ぬまで公爵夫人でいるとは思っていなかったので、今さらだが慌てはじめる。

公爵夫人として生涯その責務を果たすとなると、今のリリーベルではなにもかもが足りない。

リリーベルが未来の自分を想像して青くなっていると、ノックの音が室内に響いた。

「シルヴァンス様、セドリック様がお越しでございます」

「ちょうどよかったな。入ってくれ」

声の主はジェイドで、なぜかセドリックがこのタイミングでやってきた。

（『ちょうどよかったな』とおっしゃいましたが、もしかして、これもシルヴァ様が手配されたのでしょうか⁉）

リリーベルは驚き、シルヴァンスへ視線を向ける。

視線が合うと過去一番の優美な微笑みをシルヴァンスに返され、リリーベルは決して逃れられない罠《わな》にからめとられた気がした。

ジェイドの案内でセドリックが部屋へ入り、先日の夜会と同様、砕けた口調でシルヴァンスに声をかける。

「あれ？　もう終わっちゃったのか？」

「セドリック殿下……！」

リリーベルがカーテシーをして挨拶をすると、「お忍びだから畏《かしこ》まらなくていい」とセドリックは笑顔を向けてきた。

爽やかにリリーベルと接するセドリックに、シルヴァンスはいつも通りの塩対応だ。

「セドリック。遅かったな」

「いやいや、シルヴァンスの無茶振りに必死に応えたんだけど⁉」

シルヴァンスの言葉に反発したセドリックが悲痛な叫びをあげた。リリーベルはなんだかセドリックの気持ちがわかるような気がして、勝手に共感している。

そんなリリーベルの気持ちを察知したのか、ますますシルヴァンスはセドリックに冷淡な態度を取ってしまうのだ。

「で、書類は揃ったんだろうな？」

「夫人に対する思いやりの十分の一でいいから俺に見せろよ」

セドリックは半眼で睨みつけるが、シルヴァンスにまったく気にした様子はない。

「早くよこせ」

「はあ……これが夫人の無罪を認める書類で、こっちが貴族籍の修正報告書だ」

なにかをあきらめたセドリックは、シルヴァンスへ二通の書類を手渡す。中身を確認したシルヴァンスはニヤリと笑った。

「セドリック。恩に着る」

「まあ、他ならぬ親友の頼みだからな」

「あの……どういうことでしょうか？」

まったく話が理解できないリリーベルは、おずおずとシルヴァンスに尋ねる。「そういえば話してなかったな」と言って、シルヴァンスがごく簡単に背景を説明してくれた。

「リリーの状況からしてモーゼスに逆らうのは難しかったと容易に推察できた。だから国王へ状況を説明して、裏から手を回したんだ」

「主に俺がな！」

シルヴァンスの説明に、セドリックが噛みつく。リリーベルも書類を確認させてもらい、シルヴァンスたちの話が事実なのだとやっと理解した。

（なんということでしょうか！　国王陛下直筆サインで、本当に私は無罪であると記されています！　こちらはフレミング侯爵家の次女として認めると……それでは、私は侯爵令嬢ということになり、シルヴァ様の妻として身分も問題なく――）

そこまで考えて、リリーベルは書類から視線を上げる。

正面にはいつの間にかシルヴァンスがいて、いつもの穏やかで優しいエメラルドの瞳を細めていた。

「では、これからも本当にシルヴァ様の隣にいてもよろしいのですか……？　私はシルヴァ様の妻として、ここにいてもよろしいのですか……？」

リリーベルは震える声で、シルヴァンスに尋ねる。

これは夢ではなく、目覚めたら儚く消えてしまう幻ではないと、シルヴァンスの口からもはっきりと聞きたかった。

「さっきから言っているだろう。僕にはリリーが必要だし、そばにいてほしいと」

リリーベルを縛っていたしがらみはすべて断ち切られ、もう心を封じる必要がなくなった。

秘めていた想いを隠さなくてもいい。シルヴァンスと愛を深めてもいいのだと、リリーベルはようやく閉じ込めていた気持ちを解放する。

どこまでも軽やかに、天まで届くようなシルヴァンスへの想いがあふれ出した。

「シルヴァ様……！」

「リリー……」

リリーベルは愛しい夫の胸に飛び込み、シルヴァンスは愛しい妻を抱きしめる。ふたりは初めて気持ちを隠さず見つめ合う。シルヴァンスの指がリリーベルの頬を撫で、耳へと抜けていった。だんだんと近付く距離に、リリーベルはそっと瞳を閉じる。

そこで甘い空気に耐えかねたセドリックが待ったをかけた。

「あのさ、悪いけど、いちゃつくなら後にしてくれる？」

シルヴァンスは構わず妻の唇を狙ったが、リリーベルはハッと我に返り両手で夫の整った顔を押し戻した。それでもキスを続行しようとするシルヴァンスに抵抗しながら、セドリックへ感謝の気持ちを伝える。

「も、申し訳ございません！　セドリック殿下にもお力添えをいただき、なんとお礼を申し上げたらよいか……‼」

「あー、いいよ。その代わり今後は親友の奥さんとして仲よくしてくれれば」

「ちょっと待て、なぜリリーがセドリックと仲よくする必要がある？」

セドリックの言葉で、シルヴァンスは抱きしめていた腕を離しリリーベルを背中に隠した。

ニヤニヤと笑うセドリックは、シルヴァンスの弱点を見つけたと言わんばかりに突いてくる。

「親友の奥さんだからだろ」

「ではこの場で絶交しよう。僕には親友など必要ない」

「うわっ！　そんなこと言ったら奥さんに引かれるぞ」

「……っ⁉」

セドリックのなにげないツッコミに、シルヴァンスは予想以上のダメージを負った。

（引かれる……⁉　セドリックと絶交したら、リリーに引かれるのか⁉）

何カ月もかけてあらゆる手段を用い、やっとの思いでリリーベルの心を手に入れたシルヴァンスにしてみたら、妻の気持ちが離れるのは恐怖以外のなにものでもない。

ふたりのやり取りをシルヴァンスの背中で聞いていたリリーベルは、夫を励まそうとすこぶる前向きな言葉をかける。

「それなら大丈夫です！　友人を失くされたらシルヴァ様が心配ですが、引くなんて、そんなことありません！」

「……心配とは？」

リリーベルの言葉に敏感に反応したシルヴァンスが、ゆっくりと後ろを振り返った。もしや友人もいない男では好いてもらえないのかと、冷や汗が止まらない。

「はい、ご友人がいらっしゃらないのはおつらいと思いますが、私も友人などおりませんが楽しく生きておりますので、そういったコツならお伝えできるかと！」

リリーベルは、持ち前の前向きさと明るさを生かしたアドバイスを高らかに伝える。シルヴァンスは「ああ、そういうことか」とホッと胸を撫で下ろすが、セドリックは微妙にズレたリリーベルの励ましがツボに入ったようで盛大に吹き出した。

「ぶはっ‼　え、シルヴァンスの奥さんってこういうキャラなの？　くくっ、おもしろい子だな……約束だからな、今度じっくり話を聞かせてくれよ。くくく」

「セドリック……リリーはもちろん、僕にも二度と近付くな！」

「も、申し訳ございません！　また私はおかしなことを言ってしまったのでしょうか……⁉」

シルヴァンスが苛立っているのはリリーベルが悪いのかと謝罪するも、またしてもセドリックのツボに入ってしまい、今度は腹を抱えて笑い出した。

「ぶはははっ、ヤバい、腹痛い……っ‼」

「セドリック、さっさと帰れ！」

リリーベルはどうしたらシルヴァンスがセドリックに優しくなるのかと考えるが、正しい答えがわからない。ただ、シルヴァンスとセドリックはとても仲がよいのだということだけは深く理解した。

こうしてマードリック公爵家は平穏な日常を取り戻したのだった。

＊　＊　＊

アリッサはマードリック公爵家の牢屋から、王城の地下牢へと移され断罪の時を待っていた。どれほどの朝と夜が過ぎたのか、ボロ布のワンピースでも寒さを感じなくなった頃に、牢屋から出され看守に引きずられるようにある部屋へと連れてこられた。

（いったいどこへ連れていくっていうのよ……）

重厚なダークブラウンのドアが開かれると、真っ直ぐにレッドカーペットが伸びている。今度は騎士がアリッサの腕を掴み、その上を裸足のまま歩かせた。

両サイドには騎士と貴族たちが並んで立っていて、アリッサへ冷ややかな視線を向けている。やがて正面にある高座へ近付くと、ふたりの貴族が項垂れるように膝をついていた。見覚えのある後ろ姿に、アリッサの感情が揺らぐ。

（あれは……お父様とお母様……？　今さらなんなのよ！）

アリッサの両親である、フレミング侯爵夫妻だ。アリッサが投獄されてから、一度も面会に来ることがなく、てっきり見切りをつけられたのだと思っていた。

実際に双子の妹であるリリーベルにあれだけ酷い仕打ちができたのだから、アリッサが捨てられてもなんの不思議もない。

両親の隣に座らせられたアリッサは、虚ろな瞳で正面を見上げた。

高座に置かれたひときわ豪華な椅子にかけているのは、金色の髪を後ろに流し鋭い視線でアリッサたちを見下ろす国王だ。

（ああ、ついにこの時が来たのね――）

アリッサは両親と同じように俯き、国王の言葉を待つ。

「アリッサ・フレミングならびにフレミング侯爵夫妻。ここに呼ばれた理由はわかっておるな？」

「恐れながら国王陛下に申し上げます。私、モーゼス・フレミングにつきましては、心当たりがまったくございません。強いて言うなら、娘の教育に失敗したということくらいでございます」

国王の問いかけに、モーゼスはそう答えた。アリッサの母であるベリンダも言葉を続ける。

「僭越《せんえつ》ながら、わたくしも申し上げます。娘アリッサには母として心を砕き教育してまいりましたが、どうしてもその曲がった性根が治らず、わたくしたちも困り果てておりました」

両親の言葉に、アリッサは笑いが込み上げた。

すべてをアリッサのせいにして、自分たちだけ助かろうという魂胆なのだ。最初に名無しをマードリック公爵家へ送り出したのはモーゼスだというのに、そのことにはいっさい触れていない。

（なんだ……お父様もお母様も、わたしのことなんて全然愛してなかったのね。あの人たちにとって、子供は簡単に捨てられるくらいの存在だったんだわ）

アリッサは両親の裏切りに、うっすらと感じていた真実を明確に悟る。

フレミング侯爵家で教えられた通りにしてきたのに、アリッサは断罪され未来は絶たれたのだ。それなのに、その原因をアリッサに植えつけた両親たちは、自分たちだけその罪から逃げようとしている。

（……あいつらだけ逃げるなんて、絶対に許さないわ！）

アリッサは背筋を伸ばし、国王を見上げた。

虚ろだった金色の瞳は力強い輝きを取り戻し、それはまさしくリリーベルと瓜ふたつだ。

「国王陛下、発言してもよろしいでしょうか？」

アリッサの突然の言葉に、フレミング夫妻はギョッとした表情を浮かべる。そして慌てた様子でアリッサを叱責しはじめた。

「アリッサ、この期に及んで言い訳をする気か！」

「そうよ、わたくしたちの言うことを聞いていればこんなことにはならなかったのに……おやめなさい！」

「構わぬ、申してみよ」

国王の許可が下りたことによって、フレミング夫妻は口を閉ざすしかなくなった。アリッサははっきりとした口調で、明瞭に話しはじめる。

「わたしはたくさんの罪を犯しました。そのことは確かに事実でございます。しかし、それは両親から受けた教育も影響しています。ならば、その教育が本当に正しかったのか、今一度精査していただきたいのです」

「ふむ。確かに子は教育したようにしか育たんからな。では、どのような教えを受けてきたのか説明せよ」

アリッサは今まで当然だと思ってきたことを詳しく語った。

「わたしは双子の姉として生まれましたが、妹は不幸を呼ぶ存在だと教えられました。だから名前すら与えられず、どんなに虐げても、どんなにひもじい思いをさせていても当然だと思い、両親と共に虐待してきたのです。妹の食事は残飯のみと決められていて、憂さ晴らしで手を上げることもありました。真冬にバケツの水をかぶせ、高熱を出しても医者に診せませんでした。そんな妹を見て、両親と一緒に笑っていたのです」

「やめなさい、アリッサ！」

「アリッサ、どうしてそんなことを言うの!?」

謁見室はざわりとどよめく。我が子に対するあまりの仕打ちに、貴族たちはそれが事実なのかと信じられなかった。

「鎮まれ。続きを申せ」

「……それに、わたしは両親から高位貴族の令息を夫にしろと言われ続けてきました。しかし、すでに婚約者がいる方ばかりでしたので、仕方なく奪うことにしたのです。まあ、それはわたし自身もゲーム感覚で楽しんではいましたが」

アリッサは包み隠さず、胸の内を赤裸々に語っていく。

いったいなにが違ったのかと、アリッサは牢の中で考えていた。同じ顔で、同じ時に、同じ両親から生まれ、アリッサは罪を重ね、リリーベルは幸せを掴んだ。

（あれだけあの子にはひどいことをしてきたのに……）

リリーベルは一度もアリッサを責めたことはない。澱《よど》んでいた気持ちを吐き出し、少しずつだが、今まで気付かなかったことが見えてくる。

「そうしてわたしは罰を受けることになり、マードリック公爵家へ嫁ぐことになりました。そこで父が双子の妹に身代わりをさせると決めたのです」

その時もリリーベルはフレミング家のために、アリッサのために罪を償ってくると曇りなき眼《まなこ》で笑っていた。

（あの子はどうしていつも笑っていられたのかしら？　わたしは、怖かった。お父様やお母様にいつか捨てられるかもしれないと怖くて仕方なかったのに）

アリッサには想像もできないほど劣悪な環境だったリリーベルは、いつも笑顔を絶やさず朝から晩まで働いていた。そんな強くて眩しいリリーベルには敵わないとわかっていたから、ずっとずっと不安だった。

（だからお父様とお母様から捨てられないようにあの子をいじめて、わたしが愛されているのだと確かめていたのよ……）

だが、それも幻だった。両親から愛されている双子の姉のポジションを守りたくて必死だったと、アリッサはようやく自分の弱さを認める。

「それは誠か？」

「はい、確かに父が妹にそう命じました。妹は言われるがままマードリック公爵家へ嫁ぎ……リリーベルと名付けられ、幸せに、本当に幸せそうに暮らしていました」

リリーベルはシルヴァンスの隣でいつも楽しそうに笑っていた。

それを見てアリッサは、余計に自分が惨めになったのだ。こんなに必死になって両親の愛を得ても、リリーベルのように心から笑えない。いつも両親が喜ぶように振る舞っても、心から幸せだと思えなかった。

「それが憎らしくて、本来はわたしが公爵夫人なのだと好き勝手してまいりました」

でも、それをリリーベルのせいにしても、アリッサは決して幸せにはなれない。

（こんなところで気付いたって、今さらだわ）

そのことを理解するのが遅すぎた。シルヴァンスに断罪された時もそうだったが、アリッサはいつもどうにもならなくなってから気付くのだと自嘲する。

「そうであったか。アリッサは自らの罪を認めるのだな」

「はい、わたしは傲慢で卑怯《ひきょう》で……なによりも愚かでした」

両親の愛は幻で、唯一アリッサのために行動してくれたのはリリーベルだけだ。リリーベルの言葉はいつも真っ直ぐで、ちょっとだけずれていたとアリッサは思い返す。

(『一緒に罪を償おう』って言ってくれたのよね。あの時に頷いていたら、わたしの未来は変わったのかしら……?)

後悔してもしきれない思いを噛みしめ、アリッサは国王の判決を待った。自分の弱さもドロドロした感情も、なにもかも吐き出しアリッサの気持ちはスッキリしている。

「ふむ。わかった。それでは処罰を申し渡す」

「国王陛下！　どうか私たちの話も聞いてくださいませ！」

「そうですわ！　わたくしたちがどんなに愛情を持って育てたか……！」

晴々としたアリッサとは対照的に、フレミング夫妻は慌てふためき弁明を申し出る。

「黙れ。お主たちの話など聞くに値せん」

しかし、国王はこれを聞き入れず、フレミング夫妻を鋭く睨みつけた。フレミング夫妻は血の気の引いた顔で、国王を見上げている。

静まり返る謁見室に、国王の覇気を含んだ声が響き渡った。

「アリッサ・フレミング。お主は貴族たちの婚約破棄を促し秩序を乱し、さらに実妹を身代わりに仕立て、マードリック公爵を欺いた」

アリッサは紛れもない事実を静かに聞き入れる。

「だが、己の罪を理解したのは認めよう。また育った環境が大きく関与していることも間違いない事実だ。よって最北の修道院でその罪を償え」

「……はい、かしこまりました」

その判決はアリッサが犯した罪に対して、かなり軽いものだった。心から反省したアリッサを見た国王が、情状酌量の余地ありと判断した結果である。

アリッサは、リリーベルが幸せを掴んだ理由が、少しだけわかったような気がした。

「さて、それではフレミング侯爵夫妻についてだが」

国王は少しだけアリッサへ微笑んだ後、表情を一転しモーゼスを睨みつける。

「貴様らは己の娘に罪をなすりつけるばかりで反省の色もない。さらにマードリック公爵を欺いたのはフレミング侯爵の意思だと明白である」

「そ、そんな……！　違います、私はそのようなことは！」

モーゼスは必死に罪から逃れようと、見苦しく否定するばかりだ。そんな言い訳が国王に通じるはずもなく、一刀両断されてしまう。

「では誰が身代わりをシルヴァンスに嫁がせたというのだ？」

「それは……」

なにも言えなくなったモーゼスは、唇を噛み悔しそうに顔を歪ませた。

「そもそもわしが調べもせずに貴様らをここへ呼んだと思っておるのか？」

「え……？　それはどういう意味でしょうか？」

「どういう意味もなにも、すでにマードリック公爵からさまざまな証拠書類は提出されておる。我が子への虐待、並びにマードリック公爵への詐称行為、マードリック夫人への暴言と、罪状が山盛りだ」

モーゼスはようやく、国王がなぜこんなにも厳しい態度なのか理解した。

「双子を取り上げた医師も、リリーベルを育てた乳母も、屋敷の使用人たちも、シルヴァンスが用意した魔法無効の魔石を使い証言は集まっている。言い逃れはできないと思え」

魔法契約の唯一の抜け道である魔法無効の魔石。よほどの重罪人や、敵国のスパイにのみ使われる魔石を使ってまでモーゼスたちの罪を明らかにしていた。

その魔石はわずか十個で屋敷が建つほど高価なものだ。それほどの資金を投入できるのは、この国でも数人しかいない。そのうちのひとりが魔石の研究で功績を上げ、莫大な資産を持つシルヴァンスだった。

すべてはシルヴァンスの差金だと知り、モーゼスは一矢報いたい思いでアリッサを妻にしていないことを指摘する。

「しかし、それでしたらマードリック公爵もアリッサではない女を妻にしたのですから、王命に背いたことになりましょう！」

「わしは〝フレミング侯爵の娘〟を嫁がせろと命じたのだ。双子の妹であれば貴様の娘で違いなかろう」

「そっ……！　そんな……」

モーゼスは反論しようとしたが、確かにあの時、国王はそう言った。それに対して〝アリッサを嫁がせる〟と宣言したのは自分自身だ。

あの時点でリリーベルは存在しない娘だったのだから、それ以外の選択肢はないし、リリーベルを自分の娘として認めるわけにもいかなかった。

「さらに、マードリック公爵は融資の一括返済を求めており、敵わぬ場合は担保にしていた領地すべてを引き渡すよう書状が届いた。この状況では当然の判断だな」

「ぐっ……！」

ここでさらに窮地に追い込まれたモーゼスは言葉を失う。

シルヴァンスと交わした書類には融資の返済期限がない代わりに、社会的に問題を起こしたりマードリック公爵家に害を与えたりした場合は一括返済すると記されていた。一括返済できない場合は、担保にしたフレミング侯爵家の領地をすべて引き渡すことになっている。

シルヴァンスは『妻の生家だから、優遇して当然だ』と微笑んでいたが、もしかしたら罠に嵌められたのかもしれないとモーゼスは身震いした。

「だが、其方ら罪人に一括で支払える財力などないのは明らかだ。そこでシルヴァンスからある提案がなされた」

「そ、それはどのような……!?」

モーゼスは国王の言葉に食らいつく。この状況で一括返済を求めたシルヴァンスが温情など見せるはずもないのに、一縷《いちる》の希望に縋りついた。

国王から告げられた言葉は、モーゼスをさらにどん底へと突き落とす。

「リリーベル・マードリックに家督を譲れば、融資はなかったことにすると言っている」

「そんな横暴だ！　このタイミングで一括返済を求めるなど、卑怯だ！　最初からフレミング侯爵家の領地を狙っていたとしか思えません！」

「当主であれば、融資した分を回収するのは当然だとわかるであろう？　それを卑怯などと、よく言えたものだな。むしろ、こんな内容でよく融資を決めたと思うほどの条件ではないか」

「ですが……！　領地をよこせというのはあまりにも納得できませぬ！」

モーゼスは自分が断罪されているのも忘れて反論する。罰を受けたとしても、帰る場所があればなんとかなると信じていた。

「そうか、では融資の一括返済に加え、マードリック夫人を侮辱した際の名誉毀損や、彼女が受けた虐待に対する慰謝料も支払うというのだな。それがどれほどの額になるかわかった上での発言と取るがよいか？」

「そっ……」

融資の一括返済だけでなく、リリーベルへの暴言や虐待についても金銭を要求すると言われ、モーゼスはなにも言えなくなった。

いくら反論したところでリリーベルのバックにはあのシルヴァンスがついている。ここまで受けた仕打ちを考えると、シルヴァンスは全力でモーゼスたちを攻撃してくるに違いない。どんなに考えても、領地を手放す以外に逃れる術はないのだ。

しかしベリンダはそこまで考えが及ばないのか、領地を失う焦燥感からモーゼスを責め立てる。

「ちょっとあなた、なんとか言ってくださいませ！　名無しのことは家庭内のことですから関係ないでしょう!?　これでは領地もなにもかも失ってしまうわ！」

「黙れ！　そもそもお前が双子など身籠るから悪いのだ！」

「なんですって!?　そんなのわたくしではどうにもならないわよ！」

「まったく見苦しい、口を慎め！」

国王の一喝で、モーゼスとベリンダはやっと我に返り口を閉ざした。謁見室に集まった貴族たちは醜態を晒すフレミング夫妻に、一段と冷ややかな侮蔑の視線を向けている。

それはモーゼスとベリンダがリリーベルへ向けていたもので、視線に気が付いたふたりは真っ赤な顔で屈辱に耐えた。

「フレミング侯爵。シルヴァンスの提案を受け入れるということで、異論はないな」

「……はい、異論……ございません」

モーゼスには、もう抗うだけの気力も力もない。どんなに不服であろうと受け入れるしかなかった。

「それではフレミング夫妻への処罰を申し渡す」

国王の低く圧のある声音にフレミング夫妻はビクッと身体を震わせる。

「マードリック公爵に対する詐称行為、並びにマードリック夫人への暴言、実子への虐待など筆舌に尽くし難い。よって、家督を双子の妹リリーベル・マードリックへ譲り、フレミング夫妻には西の魔石鉱山にて二十年の労働を科す」

西の魔石鉱山は重罪人が送られる場所のひとつだ。鉱山での危険を伴う作業は肉体を酷使するし、周りにはなにもない山の中で、小さな小屋に押し込められ夜もまともに眠れない。

そんな環境で命を削るように作業をこなすのは、貴族として暮らしてきたフレミング夫妻にとってまさしく地獄だろう。そんな場所で果たして罪を償うまで働けるのか。

フレミング夫妻に告げられた罰は死刑宣告も同然だった。

＊　＊　＊

リリーベルは春の風が吹き抜けるサンルームで、アリッサたちの末路を聞いた。

ふたりはソファーに並んで座り、心を落ち着かせる効果が強いブレンドのお茶を口に運ぶ。ふう、と深呼吸をしたリリーベルはそっとお茶をテーブルへ戻した。

生物学上の両親に会うことはもうないだろうが、お世話になったと思うだけでそれ以上の感情は湧いてこない。

「アリッサ様は、北の修道院ですか……」

「ああ、あそこは戒律が厳しく脱走も難しい場所だから、もう自由に行動はできないだろう。

冬になれば雪が積もり、生活環境も決して楽ではない。いつまで持つかな」

「……アリッサ様はきっと大丈夫です」

リリーベルは確信があった。細胞のひと欠片から分かれたふたりだが、根底で繋がっているような気がしてならない。

アリッサを憎む気になれないのは、リリーベルが夢を見ていたように、姉は両親の愛を求めていたからだと思っている。言葉にしなくても、アリッサの心はなんとなく感じ取っていた。だからこそ、どんなに悪事を働いても責める気にはなれなかったのだ。

「やったことに対して処罰が甘い気がするが」

「おそらく、心から反省されたのではないでしょうか？　私も心が軽いので、きっとそうだと思います」

「ふうん。まるでアリッサと心が繋がっているみたいだな」

「そうですね、アリッサ様は双子の姉ですから」

最近になってようやくそう思えたリリーベルは、うっかり危険なワードを口にした。

「へえ。僕以外の人間と心を通わせているのか？」

途端に黒い笑みを浮かべ、シルヴァンスがリリーベルに迫ってくる。なんだか不穏な空気をまとうシルヴァンスに、リリーベルは腰が引けた。

「逃げる気か？」

「いえ！　滅相もございません！」

ガッチリとシルヴァンスに腰を抱き込まれ身動きができない。夫の鋭い観察眼により、リリーベルの行動は封じ込められた。

「リリー」

「はい！」

「そろそろ、本当の夫婦になりたい」

「本当の夫婦と言われましても、すでに私はシルヴァ様の妻でございます」

「そうだけど、そうじゃない」

はああ、とシルヴァンスが深い深いため息をついた。リリーベルは懸命に考え、ようやくあることに気が付いた。

（まさか、シルヴァ様は初夜を迎えたいと、そうおっしゃりたいのでしょうか⁉　子を産むために嫁いできたのに、すっかり失念していました！　なんという不覚っ‼）

シルヴァンスはリリーをグッと抱き寄せ、至近距離で金色の瞳を見つめる。そこに映るのがシルヴァンスだけだと思うと、焦燥感にも似た独占欲が少しだけ落ち着いた。

「リリー、愛してる」

シルヴァンスの柔らかな唇がリリーベルへ口付けを降らす。額に、目尻に、頬に、そしてリリーベルの唇に。

啄《ついば》むようなキスに息を止めていたリリーベルは、苦しくなって口を開く。やっと息を吸えたと思ったら、今度はシルヴァンスの熱い舌が滑り込んできてリリーベルを懐柔した。

「まっ……シル……ヴァさ、ま！」

「リリー、かわいい。僕のリリー、愛してる。僕だけの――」

口付けの合間にリリーベルは必死に声をかけようとするが、シルヴァンスの唇が離れない。

きちんと確認したいリリーベルだが、初めての口付けに翻弄されて思考が止まってしまった。

（どうしましょう……！　嬉しいですが、頭がふわふわしてなにも考えられません……！）

これまで忍耐を積み重ねてきた反動で、シルヴァンスも口付けに夢中になり、リリーベルから漏れる甘い声にジリジリと理性を削られる。

「ふっ……あ」

「リリー……リリー……っ！」

シルヴァンスがようやく満足して唇を離すと、リリーベルはぐったりして力が入らなくなっていた。

頬が上気して瞳は潤み、あどけなくも情欲をそそるリリーベルにシルヴァンスに残っていたわずかな理性があっさり崩れる。

「リリー。もう無理」

「ふえっ？」

夫のキスで蕩《とろ》けていたリリーベルをシルヴァンスは軽々と抱き上げ、研究室に設置しているベッドへ運んだ。そっとリリーベルを寝かせ、シルヴァンスはもう逃さないと言わんばかりに囲い込む。

「あの、シルヴァ様……」

「僕はリリーがいないと生きる意味を感じないほど、君に心奪われている」

そこまで想われていると思っていなかったリリーベルは、シルヴァンスの切なそうに細められた瞳に蠢《うごめ》く狂愛を感じ取った。こんなにも愛され、求められて、愛に飢えたリリーベルのすべてを包み込んで離さない。

「これからも、たとえ生まれ変わっても、リリーしか愛さない」

シルヴァンスから告げられる重苦しい愛の言葉は、リリーベルの心に深く染み込んでいく。

愛されないことが当然だったから、傷つかない代わりに期待もしてこなかった。

愛されることをあきらめたリリーベルにとって、これくらいの深い想いでなければ気持ちが揺れることはない。

シルヴァンスはさまざまな手を使って、リリーベルのために動いてくれたのを知っている。

それも、かなり最初の頃から仕組まれ、アリッサと見分けがつかないほど瓜ふたつなのにシルヴァンスは一度も見間違えたことがなかった。

こんなにも一途にリリーベルを想う、深い愛を他に知らない。

「……シルヴァ様。私も愛しています。この身も心もすべてシルヴァ様に捧《ささ》げます。どうか私を抱いてくださいませ」

シルヴァンスの両頬にそっと手を添えて、リリーベルは触れるだけの口付けをする。

「リリー……！」

一瞬、シルヴァンスのエメラルドの瞳がキラリと光った。

（シルヴァ様、泣いて……？）

リリーベルはそう思ったけれど、シルヴァンスの噛みつくようなキスで思考が中断する。そのままリリーベルは身を任せ、正真正銘シルヴァンスの妻になったのだった。

首筋から太ももの付け根まで花びらのように鬱血痕を散らされ、そのたびにリリーベルの身体は震えた。何度も何度も愛を注がれ意識が飛びそうになると、シルヴァンスに容赦なく攻められ、もっと大きな波に呑み込まれる。

どれほど時間が過ぎたのか、いつの間にか辺りは暗くなり、リリーベルはぐったりしてベッドへ横たわっていた。

途中、誰かが声をかけてきたような気もするが、シルヴァンスがすぐに人払いをしてしまったようで、リリーベルはたった今まで夫に組み敷かれていたのだ。

「リリー、大丈夫か？　ほら水を飲んで」

「は、い……」

喉がカラカラで水が欲しいのに、視線を向けるだけで指一本動かせない。そんな状態にしたシルヴァンスは申し訳なさそうに身体を支え、リリーベルに水を飲ませてくれた。

「ごめん、理性がぶっ飛んでた」

冷たい水を飲んで、ようやく落ち着いたリリーベルは恥ずかしそうに笑みを浮かべ、正直な気持ちを吐露する。

「それだけ深くシルヴァ様に愛されていると実感できて……嬉しいです」

リリーベルはシルヴァンスの頭部から、ブツンッとなにかが切れた音が聞こえた――気がした。

「はあ、リリーがかわいすぎて止められない」

「えっ……？」

ギシッと音を立てて、シルヴァンスがリリーベルを押し倒す。かろうじて胸元を隠していたシーツも剥ぎ取られ、シルヴァンスの逞《たくま》しい身体がリリーベルに直接触れた。

「後で回復薬を用意するから、もう少しだけ僕に愛されて」

「そ、そんな……！」

予想以上に夫の愛が重かったとリリーベルが知った時には、もうシルヴァンスにからめとられ深みに嵌まっていた。

エピローグ

身も心もリリーベルと結ばれたシルヴァンスは、さらに過激な愛情表現をするようになった。

初夜を迎えてから十日後、研究資材の購入で王都の中心部までやってきたリリーベルとシルヴァンスは、帰りに茶葉の仕入れをするためこぢんまりとした専門店の『マギアリーフ』という店に立ち寄る。

「リリー、ここはハーブと茶葉を扱う店で、規模は小さいが王都で一番品揃えがいい。新しいブレンドに使えそうな茶葉はあるか？」

「わあ！　すごい種類の茶葉ですね！　これは……珍しい東国のグリーンティーです！　爽やかな香りと風味が特徴で殺菌効果もあり、喉が痛い時に飲むと効果的なのです！」

「そうか、気に入ったか？」

「はい！　ここは私のお気に入りベストスリーに入りました！」

リリーベルはずらりと並んだ茶葉の種類に、キラキラと目を輝かせていた。できるなら出かけるたびにここへ立ち寄りたいと頼もうかと考えていると、シルヴァンスがリリーベルの予想を超える発言をする。

「わかった。ではこの店ごと買い取ろう」

「はいいい!?」

突然の店舗買収にリリーベルは目玉が飛び出るほど驚いた。リリーベルが言葉を失っている間に、シルヴァンスはさっさと店の経営者である店主と話をつけて小切手を切っている。

「リリー、今日からこの店は君の物だ。好きに運用してくれ」

「いえいえいえいえいえ！　私には分不相応です！」

「そんなことはない。少し早めの誕生日プレゼントだと思ってくればいい」

「高額すぎて受け取れません！」

確かにリリーベルの誕生日が来月に迫っていて、タイミングとしては最高だ。これがかわいらしい髪飾りならリリーベルも素直に受け取ったが、店ごとなんて恐れ多くて無理だ。

だが、シルヴァンスはリリーベルが拒否するとわかっていたのか、別の切り口から説得してきた。

「だけどこの店の経営権があれば、リリーのブレンドティーを売ることもできる。本人にも確認を取ったが、運営は今まで通り店主に任せておけばいい。そうなったら研究資金の調達ができて僕も助かるんだ」

シルヴァンスはリリーベルの性格を理解しているため、あえて自分のためなのだと言い聞かせる。本当はただただ妻を甘やかしたいだけなのだが、シルヴァンスがこう言えばリリーベルが受け取らざるをえないこともわかっていた。

「シルヴァ様のために……私がこの店で利益を上げれば、研究のお役に立つのですね？」

「うん、リリーのお茶は別格だから絶対に売れる。それにこの店のオーナーになったら仕入れ価格も抑えられて、よりブレンドの研究が捗ると思わないか?」

ブレンドの研究でどんなに茶葉を仕入れたとしてもまったく問題ないのだが、シルヴァンスは的確にリリーベルの心をくすぐる。

「それは……! 非常に魅力的ですね!」

「では、受け取ってくれるか?」

「はい! シルヴァ様の研究資金を稼ぐために頑張ります!」

俄然《がぜん》、やる気に満ちたリリーベルはぐっと握り拳を作った。その手を取ったシルヴァンスがエメラルドの瞳に嫉妬の炎を燃やして、リリーベルの手の甲に口付ける。

「ブレンドの研究もいいけど、最優先は僕にしてくれ。リリーの一番は僕じゃないと嫌だ」

強烈な独占欲を発揮するシルヴァンスに、リリーベルは心臓を鷲掴《わしづか》みにされた。美形の拗ねた顔がこんなにも破壊力があるのだと、リリーベルは思っていなかった。

言われるまでもなく、リリーベルにとって夫が最も大切な存在なので、シルヴァンスの希望は叶えられそうである。

「大丈夫です。シルヴァ様以上に大切なものなど、この世にはありません」

「そうか、よかった」

シルヴァンスは安心したように笑みを浮かべて、リリーベルへ口付けた。ここが店の中であることも忘れて、リリーベルはうっとりしてしまう。店主がそっと視線を逸らし、見ないふりをしたのは言うまでもない。

甘ったるい空気を振りまくこともあったが、リリーベルが生家で虐待されていたのは貴族新聞にも民衆紙にも掲載されたので、事情を知る周囲はふたりを温かく見守っていた。

こうして、どこへ行くにもリリーベルを連れて歩き、至るところでシルヴァンスは甘く愛を囁く。

シルヴァンスは冷酷なマッドサイエンティストから一転、正義感あふれる国一番の愛妻家として噂されるようになった。


その後、リリーベルがブレンドしたオリジナルティーを店舗で販売したところ、かなりの高評価で即日完売している。大量生産するには環境が整っておらず数を作れないため、発売すると同時に即完売の幻の茶葉としても注目されはじめていた。

茶葉店の報告書をジェイドから受け取ったシルヴァンスは、さっと目を通しほくそ笑む。

「僕の読み通りだな」

「はい。リリーベル様の茶葉はとても効果を実感できますから当然の結果でしょう。生産体制も整えますか？」

「そうだな……リリーが忙しくなりすぎないように調整しよう。リリーに負担がかかるし、なにより僕と過ごす時間が減るのは許せない」

シルヴァンスはリリーベルと想いが通じてから、重すぎるほどの愛を隠さなくなった。そのため使用人たちは嬉しさ半分、呆れ半分といった様子である。

ジェイドもシルヴァンスがこんなにもリリーベルに夢中になると想像していなかった。研究以外はどうでもいいと、社交から遠ざかっていたのに、今ではリリーベルが公爵夫人として困らない程度に夜会などにも参加している。

「……シルヴァンス様、大丈夫です。リリーベル様はびっくりするほどシルヴァンス様のことしか考えておられません」

少々心の狭い主人のため、ジェイドは事実を述べる。マードリック公爵夫妻として仲睦まじくしているふたりは、本当にお互いに夢中なのだ。

そんな主人夫妻をジェイドたち使用人は、温かく見つめていた。

「わかってるけど、リリーは時々斜め上に突き進むからな」

「ああ……」

そうですね、とジェイドは続けそうになったが、主人の妻に対して失礼すぎる発言だとグッとこらえる。

「かしこまりました。それでは、工場で生産できるよう手配いたします」

リリーベルがアリッサと入れ替わっていた時のことが、シルヴァンスとジェイドの脳裏に浮かんだ。シルヴァンスはリリーベルがアリッサと入れ替わる理由がわからず随分と悩んでいた時期がある。

すべてを打ち明けた際に、リリーベルがシルヴァンスのそばにいたかったからだと知り、すこぶるご機嫌になったのはジェイドだけが知っていた。

『わざと僕に嫌われるような言い方して、それもかわいかったなあ……。思わず抱きしめたくなって、リリーを遠ざけたけど……あー、もう今夜にでも僕のものにしてしまおうか』

そう言いながらうっとりして語るシルヴァンスを見て、ジェイドは主人の愛が重いのだと理解したのだ。

結局、事後処理で忙しくなり、ふたりが結ばれたのは後日だったが。

「うん、そうしてくれ。それにしても、ここまでリリーのブレンドティーが万人に効き目があるとは……なにか特別な能力があるのかもしれないな」

「そうかもしれませんね。使用人たちもその効果に驚き、この前は怪我をした使用人に回復効果のあるお茶を与えたら、医師の見立てより五日も早く完治していました」

「へえ……フレミング侯爵家では双子の出生率が高かったこともあるし、土地か血筋になにか要因があるのかもしれないな」

シルヴァンスの考察を聞きながら、ジェイドは祖母がよく双子に不思議な力が宿ると言っていたのを思い出した。どんな内容だったかすぐに浮かばず、シルヴァンスとの会話も次の話題へと移っていく。

「それと、貴族たちにアリッサとフレミング夫妻の末路は広まっているか？」

「はい、高位貴族はもちろん下位貴族まで周知されており、こちらも抜かりございません。しかし、ここまで話を広める必要がありましたか？」

ジェイドはシルヴァンスから、反逆者たちの末路を広めろと命じられていた。使用人ネットワークを使い、事実をばらまき貴族たちの耳に入るように画策している。

勢い余って国中の貴族はもちろん、平民にも事実が浸透していった。今ではマードリック夫妻の仲を裂こうとする人間はいないのだから、結果的に成功と言えるだろう。

「僕のリリーに手を出したらどうなるか見せしめとして広めておけば、余計な虫もつかないだろう？」

「ははは、そうですね」

すでにリリーベルを妻にしたにもかかわらず、ここまで執着する主人にジェイドは乾いた笑いしか出てこなかった。

街でのデートから一カ月後、リリーベルは突如シルヴァンスから研究室へ呼び出された。至急来てほしいという伝言を聞き、緊張しながら急いで向かう。

急ぎ足で来たので乱れた息を整え、扉をノックした。

――コンコンコンコン。

「シルヴァ様、リリーベルです。至急の呼び出しということでまいりました」

「ああ、入ってくれ」

リリーベルがやってきた部屋はサンルームに繋がっていて、いつもは研究用の魔石や資料が山積みになっている。しかし今日は綺麗に片付けられていて、スッキリとしていた。

「リリー、呼び出してすまない」

「いいえ、シルヴァ様のためでしたらこれくらいなんでもありません。……なにかございましたか？」

「うん、リリーに重大な話がある」

リリーベルはシルヴァンスの深刻そうな表情に生唾を飲み込んだ。

（どうしましょう、重大な話とはいったいどんなことでしょうか⁉　もしかして、なにか私がやらかしてしまったのでしょうか⁉）

公爵夫人としての教育を受けているが、やはり一般的に見てもその役目を果たしているとは言い難い。今までまともな教育を受けてきていないから仕方ないとはいえ、そのことがリリーベルの心に影を落としている。シルヴァンスも使用人たちもいっさい責めないので、余計に心苦しく感じていた。

処罰を受けるだけならまだしも、万が一離縁などと言われたらリリーベルは立ち直れない。その時はせめて使用人としてでもおそばにおいてもらえないかとまで考える。

「ここでは話せないから、サンルームに来てくれ」

「し、承知いたしました……」

いよいよ至らない自分に見切りをつけたのかと青ざめたリリーベルは、重い足を引きずりサンルームへと向かう。シルヴァンスはサンルームへ続く扉を開き、光があふれる室内へ入っていった。

眩しさで一瞬目がくらみ、リリーベルは視線を落とす。すぐに視界は復活して先に入ったシルヴァンスの背中を追うと、見慣れぬ人物がいることに気が付いた。

四十代くらいのわずかに白髪が混じった黒髪の女性が、両目を見開き佇《たたず》んでいる。彼女の水色の瞳がどんどん潤んでいき、やがてボロボロと涙をこぼした。

「お嬢……様！」

記憶の中ではまだ若く活力ある姿だが、目の前にいるのはリリーベルに幸せとはなにかを教えてくれたソニアに間違いなかった。

「ソニアッ‼」

リリーベルは駆け出し、子供の頃のように抱きつく。すっかり大きくなった身体でソニアの背中に腕を回した。

昔は手が届かなかったのに、今では包み込むように抱きしめられる。その事実に長い年月を感じたが、奇跡のような再会を果たせた。

「ソニア……会いたかった……！」

両親の代わりに愛情かけて世話をしてくれたソニアを、決して忘れたわけではない。

引き裂かれるように離れ離れになった彼女の行く先を案じていたが、生き残ることでいっぱいだったリリーベルには調べる術もなく、会いにいくこともできなかった。

「お嬢様……！　まあまあ、こんなに美しくなって！　マードリック公爵様のおかげですね。市井でもたくさん噂を聞きましたよ」

「全部ソニアのおかげです。ソニアが幸せの見つけ方を教えてくれたから、なんとかやってこれました……ソニアに出会えたから、今がこんなに幸せなのです！」

「ふふふ、それよりもマードリック公爵様が心を奪われるほど、お嬢様が真っ直ぐで綺麗な心をお持ちだったから、この幸せを掴めたのですよ」

ソニアの言葉にリリーベルはシルヴァンスを捜す。サンルームの窓にもたれかかり、愛おしそうにリリーベルを見つめていた。

「シルヴァ様がソニアを捜してくれたのですね……本当に、本当にありがとうございます」

リリーベルは深く頭を下げて、言葉だけでは足りない感謝の気持ちをシルヴァンスに伝える。

愛しい妻のためだったのに大袈裟に感謝され、照れくさくなったシルヴァンスは話を逸らしたくて、ソニアに関することを話題にした。

「フレミング侯爵家をいろいろと調査している時に、最初に証言してくれたのがソニアだったんだ」

「そうだったのですか……」

「本当はもっと早く会わせたかったけど、彼女が病にかかっていて全快するのを待っていた」

「えっ……ソニアが病に⁉」

「お嬢様、もう病は完治したので大丈夫です。それもマードリック公爵様が医師を派遣してくださり、あっという間によくなったのですよ」

「僕が開発した治癒魔法の魔石では病を治せないからな。これもさらなる研究が必要だ」

ふたりの説明にホッとしたリリーベルは、改めてギュッとソニアを抱きしめた。

「シルヴァ様の隣にいられるだけでも幸せなのに、これ以上幸せになってもいいのでしょうか？」

「もちろんですよ。お嬢様はこれまで大変な苦労をされたのですから、これからはいいことしか起きません！　ほら、そろそろマードリック公爵様のもとへ行ってくださいな」

ソニアにそっと身体を押されて、リリーベルは腕を解いてシルヴァンスへ向き直る。

「リリー。いくら相手が女性でもそれ以上ハグを続けるなら、三日はベッドの住人になると思え」

「ええっ！　そんな！　ここここ、ここでそのような発言をされなくても……！」

大変にいい雰囲気だったのに、シルヴァンスの発言でリリーベルは真っ赤になった。どうして夫はこんなに嫉妬深いのかと考えるが、それだけ愛されている証拠なのだと思うと嬉しさが勝ってしまう。

ソニアから奪い取るようにリリーベルを抱きしめて、シルヴァンスは極上の笑みを浮かべた。

「リリーが僕のものだと、いつでも、どこでも、誰にでも見せつけたい」

「私は身も心も、とっくにシルヴァ様のものです……」

リリーベルは首まで赤くして、小さな声でシルヴァンスに返す。

「あらあら、まあまあ」

強烈なシルヴァンスの独占欲を目の当たりにして、ソニアはクスクスと笑った。これだけ妻を深く愛しているなら、リリーベルは間違いなくこの先も幸せだと確信する。

「それと、ソニアの療養期間が終わったら、マードリック公爵家で働いてくれるそうだ。今は再婚してご主人もいるから、ふたりとも雇うことになった」

「本当ですか⁉　またソニアと一緒にいられるのですか⁉」

「ああ。もう少し先になるが」

その采配に感極まり、リリーベルはシルヴァンスの首に腕を回しギュッと力を込めた。突然の妻の抱擁に今度はシルヴァンスが頬を染める。

「シルヴァ様は最高の旦那様です！　世界中の誰よりも愛してます！」

リリーベルの愛の告白に、シルヴァンスは耳まで真っ赤にして狼狽えるのだった。


乳母との再会を果たし、穏やかな日々を過ごしているリリーベルは今日もシルヴァンスの研究室へとやってきた。初夏を迎えたサンルームには日よけのカーテンが引かれ、吹き抜ける風を感じながら冷やしたブレンドティーで喉を潤している。

いつもならホッとひと息つく時間なのだが、今日はシルヴァンスの表情が暗いままだ。気になったリリーベルは寄り添うように声をかける。

「シルヴァ様、悩み事ですか？」

「悩みというか、魔石から魔法を生み出すことはできたんだが、どうしても威力が弱くて実用化できないんだ」

「まあ……そうでしたか」

やはり研究のことで悩んでいたようで、シルヴァンスはうまく進まないと愚痴をこぼした。リリーベルは研究についてはわからないが、あの小さな魔石から大きな魔法が生まれる場面を想像してポツリと呟く。

「植物のように小さな欠片からでも、成長できたらよいのに……」

「植物？」

シルヴァンスがリリーベルの独り言に反応して問いかけた。

「はい、私がフレミング侯爵家にいた頃、野菜の切れ端を水につけて栽培していたのです。たとえば葉物野菜なら芯の部分を水につけておくと、数日で新たな芽が出てきてしばらくすると食べられるくらいまで成長するのです」

「リリー……」

リリーベルはあの頃もそれなりに幸せだったので、なんてことがないように話したが、シルヴァンスは聞いていて胸が痛くなる。書類で読んだだけの情報と本人から語られる事実では重さが違った。

ひとりきりで地獄のような環境で耐えていた当時のリリーベルを労るように、シルヴァンスはそっと妻を抱きしめる。

「あっ、心配は不要です！　その成長を見守るのが楽しくて、収穫できた時は幸せいっぱいだったのです！」

「うん、そうか」

過去の話で心配させたと思ったリリーベルは、努めて明るく問題ないとシルヴァンスに説明した。小さな幸せを見つけるのがリリーベルの特技であったし、あの時の経験のおかげで多少のことは苦労だとも感じない。

でもシルヴァンスの腕の中は心地いいので、そのまま夫の肩にもたれかかる。

（リリーはいわゆる再生栽培をしていたのか……それほど食べ物に困窮していたんだな。フレミング夫妻の処罰が甘かったか）

リリーベルの真紅の髪を撫でながら、シルヴァンスは沸々と湧き上がる怒りを感じていた。さすがに報告書にはそこまで書かれていなかったが、リリーベルがそうまでして食糧を調達していたと知り、想像以上に劣悪な環境だったのだと改めて理解したのだ。

だが、そこでなにかが頭の中で引っかかった。

ずっと探していた答えに届きそうで届かない、そんな感覚に陥る。

（待て、再生栽培か……刈り取った後も植物は成長を続ける……成長。自らの力で大きくなる――）

その瞬間、シルヴァンスの脳裏に光が走った。

すべての研究データが繋がり、問題となっていた出力不足解消について仮説を立てていく。

その仮説はカチカチと嵌まり続け、やがて一本の道になりシルヴァンスを答えへ導いた。

「リリー！　僕の女神‼」

「えっ？　んんっ！」

想いをぶつけるようにリリーベルへ口付けしたシルヴァンスは、休憩は終わりだと言わんばかりに立ち上がる。愛妻であるリリーベルと離れるのは名残惜しいが、今頭に浮かんだ仮説を検証したくてウズウズしていた。

「しばらく研究で忙しくなる。必ず成果を出すから待っていてくれ」

「はい、応援しています！」

そんなシルヴァンスを責めることなく、リリーベルは笑顔で見送った。

それからほどなくして、シルヴァンスは魔石から実用レベルの魔法を引き出すことに成功した。

魔石を半分に切断し、断面に魔力を大きく増幅させる魔法陣を刻み問題を解決したのだ。魔力を増幅させる魔法陣は、古代魔法陣にヒントを得てシルヴァンスが独自に開発したものである。

真紅の魔石からは炎魔法が放たれ、青い魔石からは水があふれ、緑の魔石からは岩をも切り裂く風が放たれた。

また魔法陣の種類を変えることにより魔法も変化するので、用途に合わせた魔法陣の作成がシルヴァンスの今後の研究テーマとなる。

これにより、民の暮らしも、国の防衛も、鉱業も産業も、すべてに影響するほど魔法の力が及ぶことになり、人々は失った魔法の力を取り戻したのだ。

成功すると思われていなかったシルヴァンスの研究が実を結んだことは、国中に吉報としてもたらされた。愛妻家として評判だったシルヴァンスは、天才科学者の復活と称されてあらゆる雑誌や新聞に取り上げられる。

国王もこの研究成果を高く評価し、シルヴァンスに褒賞を与える運びとなった。

その日は王城でシルヴァンスを讃《たた》えるパーティーが開催されていた。王太子の誕生祝賀会でも使われた大ホールには、国中からシルヴァンスと繋がりを持ちたい貴族たちが集まっている。

パーティーが始まり、国王は会場の上座で高らかに宣言した。

「魔石から魔法を生み出し、失われた力を取り戻したマードリック公爵に褒賞を与える！」

その言葉でシルヴァンスは国王の御前へと歩み出て膝をつく。国王は穏やかな翡翠の瞳を細め、シルヴァンスへ声をかけた。

「シルヴァンスよ。其方はなにを望む？」

「今後は魔法陣の研究が要になってまいります。そのための研究設備を希望いたします」

「うむ、あいわかった。わしが新たな研究施設を建設すると約束しよう」

シルヴァンスは国王の約束を取りつけ、拍手喝采を浴びながら立ち上がる。

リリーベルがシルヴァンスに呼ばれてそっと寄り添い、ふたりの仲睦まじい様子を見て国王はさらに言葉を続けた。

「マードリック公爵があきらめずにこの研究を成功させたことにより、我が国はこれから目まぐるしく発展していくだろう。不屈の精神を持つ科学者、シルヴァンス・マードリックを心から讃える！」

歓声があがり会場は割れんばかりの拍手に包まれる。国王が手を上げると、貴族たちは高ぶりを落ち着かせた。

「それではマードリック公爵、こちらで挨拶をしてくれ」

シルヴァンスはリリーベルをエスコートしながら、国王の隣に移動して貴族たちを振り返る。愛しい妻の腰をグッと引き寄せて、会場中に通る声で語り出す。

「研究が成功したのは妻リリーベルのおかげです。誰からも認められなかった研究を、リリーだけは信じて認めてくれました。そして陰ながら僕を支え続けた……いや、今もずっと支え続けてくれています。さらに、問題解決の糸口を提示してくれたのもリリーです」

ざわざわと貴族たちがどよめいた。あの天才科学者と名高いシルヴァンスが、ここまで評価するリリーベルに視線が集まる。

リリーベルは心の中で大量の冷や汗をかきながら、公爵夫人の教育で受けたアルカイックスマイルを顔に貼りつけていた。足はガクガクと震えているが、ドレスのおかげで周りにはばれていない。

「僕の最愛であるリリーがいなければ、研究は成功していませんでした」

シルヴァンスは少しだけ声のトーンを落として、リリーベルに向き直る。シルヴァンスのエメラルドの瞳と、リリーベルの金色の瞳は真っ直ぐに見つめ合った。

「リリーは、僕の女神だ。愛してる」

そう愛を囁き、リリーベルに口付けを落とす。

「――っ‼」

リリーベルはまさかこんな公衆の面前でキスされるとは思っておらず、驚きのあまり言葉が出てこない。

セドリックが「ぶはっ！」と吹き出したのが聞こえたが、リリーベルはそれどころではなかった。一瞬でパニックになった妻を愛おしそうに見つめるシルヴァンスは、見たことがないくらい機嫌がいい。

シルヴァンスが愛妻家だと浸透した今、貴族たちは半分呆れながら温かい視線をふたりに向けていた。

国王はやれやれと短く笑い、締めの言葉を口にする。

「この功績により、マードリック公爵を筆頭公爵として王族に次ぐ貴族だと認定する！　今後はマードリック公爵に対し、いかなる侮辱も差別も認めない！　たとえ噂であろうが、マードリック公爵を、マードリック公爵夫人を貶《おとし》めることは絶対に許さん！　我らが必ず鉄槌《てっつい》を下すと心得よ‼」

こうして、マードリック公爵家はベアール王国の発展に大きく貢献したのだった。

衝撃のパーティーから二週間が経ち、リリーベルはあることに頭を悩ませている。

「エレンさん、どうしたらシルヴァ様は誕生日プレゼントを喜んでもらえるでしょうか？」

「公爵様が喜ぶ誕生日プレゼントですね。心当たりはありますが……う～ん」

「心当たりがあるのですか⁉　至らない私に教えていただけないでしょうか⁉」

リリーベルはエレンの言葉に希望を抱いた。やはり長く仕えるエレンに尋ねて正解だと思っていると、リリーベルの髪を整えていたメイドのマリーが会話に参加してきた。

「あっ、もしかして、アレですか？」

「ええ、確実に公爵様は喜ぶと思うのだけど、リリーベル様のご負担になってしまうと思うの」

「確かに、それこそ公爵様は猛獣のように突っ走るかと思います！　そうなるとリリーベル様が……」

ふたりは確実になにかをわかっている様子でリリーベルの身を案じている。しかし、シルヴァンスに喜んでもらいたいリリーベルは、自分の負担など気にならないと必死にエレンたちへ訴えた。

「あの、私ができることならなんでもしますので、どうか教えていただけませんか？」

「本当によろしいのですか？　準備は就寝前になりますし、十中八九、リリーベル様が大変な思いをされると思うのですが……」

「構いません！　それでシルヴァ様が喜んでくれるのなら、それが私の望みです！」

リリーベルはキッパリと言い切り、エレンを見つめる。

夫に対して深い愛情を示すリリーベルに感動したエレンは、瞳を潤ませ拳を握りしめた。

「なんて深い想いでしょうか！　リリーベル様がそこまでおっしゃるのなら、お教えいたしますわ！」

「はい！　よろしくお願いいたします！」

リリーベルの威勢がよかったのは、ここまでだ。

シルヴァンスの誕生日前夜にプレゼントを用意することになり、エレンたちに説明を受けたリリーベルは言葉を失った。

なぜ、誕生日前夜なのか。なぜ、就寝前に準備が必要だったのか。なぜ、あんなにもエレンたちが渋っていたのか。リリーベルはようやく理解する。

（まさか、こんな内容だとは思いませんでした……！）

エレンたちが用意したのは、リリーベルが着たことがないようなセクシーな夜着だった。スケスケの白いベビードールにはフリルが使われていて、丈は足の付け根までしかない。かわいらしいデザインではあるが、背中が大きく開いてリボンを解いたら簡単に脱げてしまう。これに合わせたショーツは布の面積が少なく、臀部《でんぶ》にいたっては細長くなっていてその役目をまったく果たしていないのだ。

（こんな夜着で本当にシルヴァ様は喜んでくださるのでしょうか……？）

しかも事前に子ができやすくなる効果がある茶葉を準備しておけと言われ、それが今夜のためだとは露ほども思っていなかった。このためだったのかと今さら思っても、もうすぐシルヴァンスが寝室へ来る時間なのでどうにもできない。

リリーベルは己の浅はかさを悔やみながら、心を無にしてシルヴァンスを待った。それから十分ほどして、扉がノックされシルヴァンスが寝室へと入ってくる。

「リリー、待た――」

リリーベルを見たシルヴァンスが固まった。無心のリリーベルがいつものように労りの言葉をかける。

「お疲れさまです、シルヴァ様……」

「………」

しかし、シルヴァンスは固まったまま身動きひとつしない。リリーベルはジワジワと不安が込み上げた。あまりにも反応がないので、せめてプレゼントを喜んでもらえないかと、おずおずと差し出す。

「あ、あの、一日早いですが、これは私からの誕生日プレゼントです。新しくブレンドした茶葉で、こ、子ができやすくなる効果があります……」

「………」

それでも反応がなく、リリーベルはいよいよ失敗したのだと思いはじめた。こんな格好までして情けないのと恥ずかしいのとで泣きそうになりながら謝罪する。

「シルヴァ様、も、申し訳ございません、お気に召さなかったのですね……今夜は別の部屋で寝ます。失礼いたしました」

リリーベルがそう言って、ベッドから降りたところでガシッとシルヴァンスに腕を掴まれた。

「待てっ！」

そのまま少し強引にベッドへ座らせられて、リリーベルはわけがわからず困惑している。シルヴァンスは真剣な表情でリリーベルに尋ねた。

「いったい誰に入れ知恵された？」

「えっ、いえ、シルヴァ様が喜ぶプレゼントをしたいと、私がエレンさんとマリーさんに相談したのです」

「そうか……エレンとマリーには特別に褒賞を与えよう」

どうやらシルヴァンスは機嫌が悪いわけではなさそうで、リリーベルが視線を上げるとエメラルドの瞳にジッと見つめられている。頬や目元がほんのり赤い気がして、リリーベルは勇気を出して聞いてみた。

「あの、もしかして気に入っていただけたのですか？」

「ああ、リリー、覚悟しろ」

突然、リリーベルの視界が回転しベッドの天蓋が上に見えた。すぐにシルヴァンスもベッドに上がり、欲情した雄の顔でリリーベルを見下ろす。

まさしく獲物を狩る猛獣のようなシルヴァンスの視線に、リリーベルは恐れ慄いた。

「今夜は寝かせられない」

「そ、そこまで……!?」

いくらなんでも寝かせられないとは大袈裟だと思いたかったが、初めて結ばれた日のことを思い出したリリーベルは誇張でもなんでもないと考え直す。

（効果抜群すぎです……!!）

まさかここまで効果を発揮するとは思わず、本当に今夜は眠れないのだろうかと考えてしまった。それがさらにシルヴァンスを突き動かすことになるのだが、リリーベルはこの勢いについていけていない。

「なにを考えている？　僕だけに集中しろ」

「はっ……んんっ！」

シルヴァンスのすべてを喰らい尽くすようなキスに溺れて、リリーベルは激しすぎる愛を受け入れた。

そして宣言通り、朝方まで貪るように愛され続け、次に目覚めたのは太陽が高く昇ってからだった。

朝方に気絶したように記憶が途切れていて、リリーベルはエレンたちの言葉は慎重に受け止めようと心に誓う。シルヴァンスはすでに目覚めており、リリーベルに腕枕したままニコニコと笑みを浮かべていた。

「リリー、おはよう。寝顔もかわいかった」

「お、おはようございます……」

寝起きでかわいいと言われ、リリーベルは照れ隠しでシルヴァンスの胸に擦り寄る。

そんなリリーベルの反応にシルヴァンスは欲情するが、朝方まで無理をさせたこともありグッとこらえた。

リリーベルの香りを吸い込むように深呼吸して話題を変える。

「このペースだと多分すぐに子供ができるだろうから、早めに結婚式を挙げたい」

「た、確かに……？」

シルヴァンスは妻のセクシーな夜着姿が、あんなにも破壊力があると知らなかった。ただでさえあまり負担をかけないように抑え気味にしているのに、昨夜はリリーベルを本気で抱き潰した。あの記憶が脳内にある限りすぐに燃え上がる劣情を抑えられそうにないし、シルヴァンスが昨夜のリリーベルの夜着姿を忘れることは難しいだろう。

「じゃあ、半年後にしよう」

「半年後ですか⁉」

リリーベルはシルヴァンスの提案に驚いた。半年などあっという間だ。しかも貴族は結婚式を挙げるためにさまざまな準備が必要で、挙式を決めてから最低でも一年は必要だと教師から教わっていたのだ。

「その後の新婚旅行は、リリーが行きたいと言っていた海にする」

「え……？　ええっ⁉　あの時の……！」

リリーベルはダンスの練習中にシルヴァンスから尋ねられたことを思い出す。確かに遠くに行くならどこがいいかと聞かれて、海と答えた。

すぐに訂正したがシルヴァンスはずっと覚えてくれていたようだ。

「時期もちょうどいいだろう」

「そう、ですね……」

あの頃はてっきり離縁すると思っていたので落ち込んでいたが、そもそもの設定が間違っていた。シルヴァンスがずっとリリーベルのために動いていてくれたと改めて実感する。

リリーベルは当時の自分を思い出し、ひとりで勝手に落ち込んでいたことがなんだか恥ずかしくなって、結婚の時期についてシルヴァンスに相談した。

「それにしても結婚式が半年後というのは早すぎませんか？」

「それより後だと、もし懐妊していたら大変じゃないか？」

「それなら、少しだけ、その夫婦生活のペースを落としたらいかがでしょうか？」

「は？　そんなの無理だけど」

「む、無理とは⁉」

リリーベルの提案をシルヴァンスは即答で却下する。

いつでも臨戦態勢に入れるシルヴァンスは、リリーベルをお預けにするつもりは微塵もない。

「……どれだけ僕が我慢してきたと思ってるんだ？」

「そ、それほどでもないのかと……？」

リリーベルの言葉を聞いて、シルヴァンスは思った。

これほど毎日愛を囁き大切にしているのに、リリーベルはシルヴァンスがどれほど妻を求めているのかがわかっていない。それなら、わかるまで教えるしかないと。

シルヴァンスは極上の笑顔でリリーベルを組み敷く。

「あー、もういい。黙って僕に愛されて」

リリーベルの両手をベッドに縫いつけるように押さえ込み、首筋に赤い花びらを散らした。

そのままリリーベルの肩へ舌を這わせていく。

「シ、シルヴァ様っ、待って……！」

「もう待たない」

慌てた様子のリリーベルに構わず、シルヴァンスは身の内を焦がすような激情のまま深い口付けをした。

囚われているのはリリーベルなのか、シルヴァンスなのか。瞳の奥で揺れる炎を見せるのは、誰よりも愛しい伴侶だけ。

「リリー、僕は君だけを愛してる」

「私も、シルヴァ様を愛しています」

シルヴァンスの口付けで蕩けたリリーベルが、うっとりしながら愛を告げる。たまにしか聞けない妻の愛の言葉にシルヴァンスは今日も理性が消し飛んだ。

「……ヤバいな。今日も寝室から出せそうにない」

「えっ⁉」

リリーベルはシルヴァンスの驚愕の発言に耳を疑った。しかし、いつもの通り夫の愛に翻弄され、まともに思考できなくなってしまう。

「リリー、もっと僕の愛に溺れて」

耳元で囁かれた言葉が夢か現実かわからない。

でも、リリーベルはとっくにシルヴァンスの愛に堕ちて、離れられないということは確かだ。

深すぎる愛に溺れたリリーベルは、これまでの人生で最高の幸せを感じていた。

END

あとがき

初めましての方も、お久しぶりの方もこんにちは。里海慧と申します。

このたびは本書をお手に取ってくださりありがとうございます！

本当にありがたいことに、二作目の書き下ろしを書かせていただくことになりました。

今回は超絶ポジティブな主人公が幸せを掴むお話ですが、楽しんでいただけましたでしょうか？


リリーベルのような明るい前向きな主人公は書いていてとっても楽しかったです！

それとやはり腹黒ヒーローが性癖らしく、最後のえげつない追い込みは最高に筆が進みました（笑）。

担当編集者さんのお気に入りがセドリックということでポンッと浮かんだ会話を追加したり、遊び心をたくさん詰め込んでいます。


また、このお話では、私が実践している人生を楽しく生きるコツをソニアに語らせています。

「お嬢様、〝ない〟ことに目を向けるのではなく、〝ある〟ことに目を向けるのです」

このセリフです。わかりやすいのが、コップに〝水が半分しか入っていない〟と思うのか、

〝まだ半分も入っている〟と思うのかの違いです。
いや、リリーベルなら「お水が入ってるだけでラッキーです！」とか言ってそうですね。
私はいつも書籍をお手に取ってくださった皆様に、楽しく、幸せな気持ちになってもらいたいと考えています。そのお手伝いができたなら、最高に幸せです。

それでは最後に謝辞を贈らせていただきます。
いつもたくさんお褒めの言葉をかけてくださる担当編集者のN様と編集協力のS様、超絶イケメンで麗しいシルヴァンスとほんわかキュートなリリーベルを描いてくださったなおやみか先生、それから書籍発売に携わってくださった皆様、そして本書を手に取ってくださったあなた様に心より御礼申し上げます。

どうか皆様がこれからも明るく楽しく、笑顔で過ごせますように。

里海《さとみ》慧《あきら》

冷酷な公爵様は名無しのお飾り妻がお気に入り
～悪女な姉の身代わりで結婚したはずが、気がつくと溺愛されていました～

2024年6月5日　初版第1刷発行

著　者　里海 慧

発行人　菊地修一

発行所　スターツ出版株式会社

〒104-0031　東京都中央区京橋1-3-1　八重洲口大栄ビル7F
TEL　03-6202-0386（出版マーケティンググループ）
TEL　050-5538-5679（書店様向けご注文専用ダイヤル）
URL　https://starts-pub.jp/

印刷所　大日本印刷株式会社

ISBN　978-4-8137-9323-6　C0093　Printed in Japan

［里海慧先生へのファンレター宛先］
〒104-0031　東京都中央区京橋1-3-1　八重洲口大栄ビル7F
スターツ出版（株）　書籍編集部気付　里海慧先生

引きこもり
令嬢は
皇妃になんて
なりたくない！
Hikikomori reijou ha kouhi ni nante naritakunai !
強面皇帝の溺愛が
駄々漏れで困ります
著・百門一新
イラスト・双葉はづき
強面皇帝の心の声は
溺愛が駄々洩れで…!?

BF Sweet
ベリーズファンタジー
スイート

ベリーズファンタジースイート人気シリーズ

2巻 7月5日発売予定

定価:1375円(本体1250円+税10%)　ISBN 978-4-8137-9288-8
※価格、ISBNは1巻のものです

BF

『極上の大逆転シリーズ』好評発売中!!

2024年夏・第二弾決定

追放令嬢からの手紙
～かつて愛していた皆さまへ
私のことなどお忘れですか?～

著:マチバリ　イラスト:中條由良
本体価格:1250円+税
ISBN:978-4-8137-9250-5

お飾り王妃は華麗に退場いたします
～クズな夫は捨てて自由になっても構いませんよね?～

著:雨宮れん　イラスト:わいあっと
本体価格:1250円+税
ISBN:978-4-8137-9257-4

クズ殿下、断罪される覚悟はよろしいですか?
～大切な妹を傷つけたあなたには、倍にしてお返しいたします～

著:ごろごろみかん。　イラスト:藤村ゆかこ
本体価格:1250円+税
ISBN:978-4-8137-9262-8

王女はあなたの破滅をご所望です
～私のお嬢様を可愛がってくれたので、しっかり御礼をしなければなりませんね～

著:別所 燈　イラスト:ゆのひと
本体価格:1250円+税
ISBN:978-4-8137-9269-7

極上の大逆転シリーズ

大逆転!!